Qu'est-ce que le tiers état ?

EMMANUEL-JOSEPH SIEYÈS

1789

TABLE DES MATIERES

QU'EST-CE QUE LE TIERS ÉTAT ?

QU'EST-CE QUE LE TIERS ÉTAT ?

"Tant que le philosophe n'excède point les limites de la vérité, ne l'accusez pas d'aller trop loin. Sa fonction est de marquer le but, il faut donc qu'il soit arrivé. Si, restant en chemin, il osait y élever son enseigne, elle pourrait être trompeuse. Le devoir de l'administrateur, au contraire, est de graduer sa marche, suivant la nature des difficultés..... Si le philosophe n'est au but, il ne sait où il est; si l'administrateur ne voit le but, il ne sait où il va."

Le plan de cet écrit est assez simple. Nous avons trois questions à nous faire:
1° qu'est-ce que le tiers état ? Tout.
2° qu'a-t-il été jusqu'à présent dans l'ordre politique ? Rien.
3° que demande-t-il ? à être quelque chose.

On verra si les réponses sont justes. Nous examinerons ensuite les moyens que l'on a essayés, et ceux que l'on doit prendre, afin que le tiers état devienne, en effet, quelque chose. Ainsi nous dirons:
4° ce que les ministres ont tenté, et ce que les privilégiés eux-mêmes proposent en sa faveur.
5° ce qu'on aurait dû faire.
6° enfin, ce qui reste à faire au tiers pour prendre la place qui lui est due.

Que faut-il pour qu'une nation subsiste et prospère ? Des travaux particuliers et des fonctions publiques. On peut renfermer dans quatre classes tous les travaux particuliers: 1° la terre et l'eau fournissant la matière première des besoins de l'homme, la première classe dans l'ordre des idées sera celle de toutes les familles attachées aux travaux de la campagne. 2° depuis la première vente des matières jusqu'à leur consommation ou leur usage, une nouvelle main-d'oeuvre, plus ou moins multipliée, ajoute à ces matières une valeur seconde plus ou moins composée. L'industrie humaine parvient ainsi à perfectionner les bienfaits de la nature, et le produit brut à doubler, décupler, centupler de valeur. Tels sont les travaux de la seconde classe. 3° entre la production et la consommation, comme aussi entre les différents degrés de production, il s'établit une foule d'agents intermédiaires, utiles tant aux producteurs qu'aux consommateurs; ce sont les marchands et les négociants. Les négociants, qui comparent sans cesse les besoins des lieux et des temps, spéculent sur le profit de la garde et du transport; les marchands, qui se chargent en dernière analyse du débit, soit en gros, soit en détail. Ce genre d'utilité désigne la troisième classe. 4° outre ces trois classes de citoyens laborieux et utiles qui s'occupent de l'objet propre à la consommation et à l'usage, il faut encore dans une société une multitude de travaux particuliers et de soins directement utiles ou agréables à la personne. Cette quatrième classe embrasse depuis les professions scientifiques et libérales les plus distinguées, jusqu'aux services domestiques les moins estimés.

Tels sont les travaux qui soutiennent la société. Qui les supporte ? Le tiers état. Les fonctions publiques peuvent également, dans l'état actuel, se ranger toutes sous quatre dénominations connues, l'épée, la robe, l'église et l'administration. Il serait superflu de les parcourir en détail, pour faire voir que le tiers état y forme partout les dix-neuf vingtièmes, avec cette différence qu'il est chargé de tout ce qu'il y a de vraiment pénible, de tous les soins que l'ordre privilégié refuse d'y remplir. Les places lucratives et honorifiques seules y sont occupées par des membres de l'ordre privilégié. Lui en ferons-nous un mérite ? Il faudrait pour cela, ou que le tiers refusât de remplir ces places, ou qu'il fût moins en état d'en exercer les foncions. On sait ce qui en est; cependant, on a osé frapper l'ordre du tiers d'interdiction. On lui a dit: " quels que soient tes services, quels que soient tes talents, tu iras jusque-là; tu ne passeras pas outre. Il n'est pas bon que tu sois honoré. "quelques rares exceptions, senties comme elles doivent l'être, ne sont qu'une dérision, et les discours qu'on se permet dans ces occasions rares, une insulte de plus.

Si cette exclusion est un crime social envers le tiers état, pourrait-on dire au moins qu'elle est utile à la chose publique ? Eh ! Ne connaît-on pas les effets du monopole ? S'il décourage ceux qu'il écarte, ne sait-on pas qu'il rend inhabiles ceux qu'il favorise ? Ne sait-on pas que tout ouvrage dont on éloigne la libre concurrence sera fait plus chèrement et plus mal ? En dévouant une fonction quelconque à servir d'apanage à un ordre distinct parmi les citoyens, a-t-on fait attention que ce n'est plus alors seulement l'homme qui travaille qu'il faut salarier, mais aussi tous ceux de la même caste qui ne sont pas employés, mais aussi les familles entières de ceux qui sont employés et de ceux qui ne le sont pas ? A-t-on fait attention que cet ordre de choses, bassement respecté parmi nous, nous paraît méprisable et honteux dans l'histoire de l'ancienne Egypte et dans les relations de voyages aux Grandes-Indes ?... mais laissons des considérations qui, en agrandissant la question, en l'éclairant peut-être, ralentiraient pourtant notre marche. Il suffit ici d'avoir fait sentir que la prétendue utilité d'un ordre privilégié pour le service public n'est qu'une chimère; que sans lui, tout ce qu'il y a de pénible dans ce service est acquitté par le tiers; que sans lui, les places supérieures seraient infiniment mieux remplies; qu'elles devaient être naturellement le lot et la récompense des talents et des services reconnus et que si les privilégiés sont parvenus à usurper tous les postes lucratifs et honorifiques, c'est en même temps une iniquité odieuse pour la généralité des citoyens et une trahison pour la chose publique.

Qui donc oserait dire que le tiers état n'a pas en lui tout ce qu'il faut pour former une nation complète ? Il est l'homme fort et robuste dont un bras est encore enchaîné. Si l'on ôtait l'ordre privilégié, la nation ne serait pas quelque chose de moins, mais quelque chose de plus. Ainsi, qu'est-ce que le tiers ? Tout, mais un tout entravé et opprimé. Que serait-il sans l'ordre privilégié ? Tout, mais un tout libre et florissant. Rien ne peut aller sans lui, tout irait infiniment mieux sans les autres. Il ne suffit pas d'avoir montré que les privilégiés, loin d'être utiles à la nation, ne peuvent que l'affaiblir et lui nuire, il faut prouver encore que l'ordre noble n'entre point dans l'organisation sociale; qu'il peut bien être une charge pour la nation, mais qu'il n'en saurait faire une partie. D'abord, il n'est pas possible, dans le nombre de toutes les parties élémentaires d'une nation, de trouver où placer la caste des nobles. Je sais qu'il est des individus, en trop grand nombre, que les infirmités, l'incapacité, une paresse incurable, ou le torrent des mauvaises mœurs, rendent étrangers aux travaux de la société.

L'exception et l'abus sont partout à côté de la règle, et surtout dans un vaste empire. Mais au moins conviendra-t-on que, moins il y a de ces abus, mieux l'état passe pour être ordonné. Le plus mal ordonné de tous serait celui où non seulement des particuliers isolés, mais une classe entière de citoyens mettrait sa gloire à rester immobile au milieu du mouvement général et saurait consumer la meilleure part du produit, sans avoir concouru en rien à le faire naître. Une telle classe est assurément étrangère à la nation par sa fainéantise. l'ordre noble n'est pas moins étranger au milieu de nous, par ses prérogatives civiles et publiques. Qu'est-ce qu'une nation ? Un corps d'associés vivant sous une loi commune et représentés par la même législature. N'est-il pas trop certain que l'ordre noble a des privilèges, des dispenses, même des droits séparés des droits du grand corps des citoyens ? Il sort par là de l'ordre commun, de la loi commune. Ainsi, ses droits civils en font déjà un peuple à part dans la grande nation. C'est véritablement imperium in imperio.

A l'égard de ses droits politiques, il les exerce aussi à part. Il a ses représentants à lui, qui ne sont chargés en rien de la procuration des peuples. Le corps de ses députés siège à part; et quand il s'assemblerait dans une même salle avec les députés des simples citoyens, il n'en est pas moins vrai que sa représentation est essentiellement distincte et séparée: elle est étrangère à la nation par son principe, puisque sa mission ne vient pas du peuple, et par son objet, puisqu'il consiste à défendre non l'intérêt général, mais l'intérêt particulier. Le tiers embrasse donc tout ce qui appartient à la nation; et tout ce qui n'est pas le tiers ne peut pas se regarder comme étant de la nation. Qu'est-ce que le tiers ? Tout.

Nous n'examinerons point l'état de servitude où le peuple a gémi si longtemps, non plus que celui de contrainte et d'humiliation où il est encore retenu. Sa condition civile a changé; elle doit changer encore: il est bien impossible que la nation en corps ou même qu'aucun ordre en particulier devienne libre, si le tiers état ne l'est pas.

On n'est pas libre par des privilèges, mais par les droits qui appartiennent à tous. Que si les aristocrates entreprennent, au prix même de cette liberté, dont ils se montreraient indignes, de retenir le peuple dans l'oppression, il osera demander à quel titre. Si l'on répond à titre de conquête, il faut en convenir, ce sera vouloir remonter un peu haut. Mais le tiers ne doit pas craindre de remonter dans les temps passés. Il se reportera à l'année qui a précédé la conquête; et puisqu'il est aujourd'hui assez fort pour ne pas se laisser conquérir, sa résistance sans doute sera plus efficace. Pourquoi ne renverrait-il pas dans les forêts de la Franconie toutes ces familles qui conservent la folle prétention d'être issues de la race des conquérants et d'avoir succédé à leurs droits ? La nation, alors épurée, pourra se consoler, je pense, d'être réduite à ne se plus croire composée que des descendants des gaulois et des romains.

En vérité, si l'on tient à vouloir distinguer naissance et naissance, ne pourrait-on pas révéler à nos pauvres concitoyens que celle qu'on tire des gaulois et des romains vaut au moins autant que celle qui viendrait des sicambres, des welches et autres sauvages sortis des bois et des étangs de l'ancienne Germanie ? Oui, dira-t-on; mais la conquête a dérangé tous les rapports, et la noblesse de naissance a passé du côté des conquérants. Eh bien ! Il faut la faire repasser de l'autre côté, le tiers redeviendra noble en devenant conquérant à son tour. Que si dans l'ordre privilégié, toujours ennemi du tiers, on ne voit que ce qu'on peut y voir, les enfants de ce même tiers état, que dire de la parricide audace avec laquelle ils haïssent, ils méprisent et ils oppriment leurs frères ?

Suivons notre objet. Il faut entendre par le tiers état l'ensemble des citoyens qui appartiennent à l'ordre commun. Tout ce qui est privilégié par la loi, de quelque manière qu'il le soit, sort de l'ordre commun, fait exception à la loi commune, et, par conséquent, n'appartient point au tiers état. Nous l'avons dit, une loi commune et une représentation commune, voilà ce qui fait une nation. Il n'est que trop vrai que l'on n'est rien en France quand on n'a pour soi que la protection de la loi commune; si l'on ne tient pas à quelque privilège, il faut se résoudre à endurer le mépris, l'injure et les vexations de toute espèce. Pour s'empêcher d'être tout à fait écrasé, il ne reste au malheureux non-privilégié que la ressource de s'attacher par toutes sortes de bassesses à un grand; il achète à ce seul prix la faculté de pouvoir, dans les occasions, se réclamer de quelqu'un.

Mais c'est moins dans son état civil que dans ses rapports avec la constitution, que nous avons à considérer ici l'ordre du tiers état. Voyons ce qu'il est aux états généraux. Quels ont été ses prétendus représentants ? Des anoblis ou des privilégiés à terme. Ces faux députés n'ont pas même toujours été l'ouvrage libre de l'élection des peuples. Quelquefois aux états généraux, et presque partout dans les états provinciaux, la représentation du peuple est regardée comme un droit de certaines charges ou offices. L'ancienne noblesse ne peut pas souffrir les nouveaux nobles; elle ne leur permet de siéger avec elle que lorsqu'ils peuvent prouver, comme l'on dit, quatre générations et cent ans. Ainsi, elle les repousse dans l'ordre du tiers état, auquel évidemment ils n'appartiennent plus. Cependant aux yeux de la loi, tous les nobles sont égaux, celui d'hier comme celui qui réussit bien ou mal à cacher son origine ou son usurpation. Tous ont les mêmes privilèges. L'opinion seule les distingue. Mais si le tiers état est forcé de supporter un préjugé consacré par la loi, il n'y a pas de raison pour qu'il se soumette à un préjugé contre le texte de la loi. Qu'on fasse des nouveaux nobles tout ce qu'on voudra; il est sûr que dès l'instant qu'un citoyen acquiert des privilèges contraires au droit commun, il n'est plus de l'ordre commun.

Son nouvel intérêt est opposé à l'intérêt général; il est inhabile à voter pour le peuple. Ce principe incontestable écarte pareillement de la représentation de l'ordre du tiers les simples privilégiés à terme. Leur intérêt est aussi plus ou moins ennemi de l'intérêt commun; et quoique l'opinion les range dans le tiers état, et que la loi reste muette à leur égard, la nature des choses, plus forte que l'opinion et la loi, les place invinciblement hors de l'ordre commun.

Dira-t-on que vouloir distraire du tiers état, non seulement les privilégiés héréditaires, mais encore ceux qui ne jouissent que des privilèges à terme, c'est vouloir, de gaieté de coeur, affaiblir cet ordre en le privant de ses membres les plus éclairés, les plus courageux et les plus estimés ? Il s'en faut bien que je veuille diminuer la force ou la dignité du tiers état, puisqu'il se confond toujours dans mon esprit avec l'idée d'une nation. Mais quel que soit le motif qui nous dirige, pouvons-nous faire que la vérité ne soit pas la vérité ? Parce qu'une armée a eu le malheur de voir déserter ses meilleures troupes, faut-il encore qu'elle leur confie son camp à défendre ? Tout privilège, on ne saurait trop le répéter, est opposé au droit commun; donc tous les privilégiés, sans distinction, forment une classe différente et opposée au tiers état. En même temps, j'observe que cette vérité ne doit rien avoir d'alarmant pour les amis du peuple.

Au contraire, elle ramène au grand intérêt national, en faisant sentir avec force la nécessité de supprimer à l'instant tous les privilèges à terme qui divisent le tiers état et sembleraient condamner cet ordre à mettre ses destinées entre les mains de ses ennemis. Au reste, il ne faut point séparer cette observation de celle qui suit: l'abolition des privilèges dans le tiers état n'est pas la perte des exemptions dont quelques-uns de ses membres jouissent. Ces exemptions ne sont autre chose que le droit commun. Il a été souverainement injuste d'en priver la généralité du peuple. Ainsi je réclame, non la perte d'un droit, mais sa restitution; et si l'on m'oppose qu'en rendant communs quelques-uns de ces privilèges, comme par exemple celui de ne point tirer à la milice, on s'interdirait le moyen de remplir un besoin social, je réponds que tout besoin public doit être à la charge de tout le monde, et non d'une classe particulière de citoyens, et qu'il faut être aussi étranger à toute réflexion qu'à toute équité pour ne pas trouver un moyen plus national de compléter et de maintenir tel état militaire qu'on veuille avoir. On paraît quelquefois étonné d'entendre se plaindre d'une triple aristocratie d'église, d'épée et de robe.

On veut que ce ne soit là qu'une manière de parler, mais cette expression doit être prise à la rigueur. Si les états généraux sont l'interprète de la volonté générale et ont, à ce titre, le pouvoir législatif, n'est-il pas certain que là est une véritable aristocratie, où les états généraux ne sont qu'une assemblée clérico-nobili-judicielle ? Ajoutez à cette effrayante vérité, que, d'une manière ou d'autre, toutes les branches du pouvoir exécutif sont tombées aussi dans la caste qui fournit l'église, la robe et l'épée. Une sorte d'esprit de confraternité fait que les nobles se préfèrent entre eux, et pour tout, au reste de la nation. L'usurpation est complète; ils règnent véritablement.

Qu'on lise l'histoire avec l'intention d'examiner si les faits sont conformes ou contraires à cette assertion, et l'on s'assurera, j'en ai fait l'expérience, que c'est une grande erreur de croire que la France soit soumise à un régime monarchique. ôtez de nos annales quelques années de Louis XI, de Richelieu, et quelques moments de Louis XIV, où l'on ne voit que despotisme tout pur, vous croirez lire l'histoire d'une aristocratie aulique. C'est la cour qui a régné et non le monarque. C'est la cour qui fait et défait, qui appelle et renvoie les ministres, qui crée et distribue les places, etc. Et qu'est-ce que la cour, sinon la tête de cette immense aristocratie qui couvre toutes les parties de la France, qui, par ses membres, atteint à tout et exerce partout ce qu'il y a d'essentiel dans toutes les parties de la chose publique ? Aussi le peuple s'est-il accoutumé à séparer dans ses murmures le monarque des moteurs du pouvoir. Il a toujours regardé le roi comme un homme si sûrement trompé et tellement sans défense au milieu d'une cour active et toute-puissante, qu'il n'a jamais pensé à s'en prendre à lui de tout le mal qui s'est fait sous son nom. Résumons: le tiers état n'a pas eu jusqu'à présent de vrais représentants aux états généraux. Ainsi ses droits politiques sont nuls.

Il ne faut point juger de ses demandes par les observations isolées de quelques auteurs plus ou moins instruits des droits de l'homme. L'ordre du tiers état est encore fort reculé à cet égard, je ne dis pas seulement sur les lumières de ceux qui ont étudié l'ordre social, mais encore sur cette masse d'idées communes qui forment l'opinion publique. On ne peut apprécier les véritables pétitions de cet ordre que par les réclamations authentiques que les grandes municipalités du royaume ont adressées au gouvernement. Qu'y voit-on ? Que le peuple veut être quelque chose, et en vérité le moins qu'il est possible. Il veut avoir de vrais représentants aux états généraux, c'est-à-dire des députés tirés de son ordre, qui soient habiles à être les interprètes de son voeu et les défenseurs de ses intérêts. Mais à quoi lui servirait d'assister aux états généraux, si l'intérêt contraire au sien y prédominait ! Il ne ferait que consacrer par sa présence l'oppression dont il serait l'éternelle victime.

Ainsi, il est bien certain qu'il ne peut venir voter aux états généraux, s'il ne doit pas y avoir une influence au moins égale à celle des privilégiés, et il demande un nombre de représentants égal à celui des deux autres ordres ensemble. Enfin, cette égalité de représentation deviendrait parfaitement illusoire, si chaque chambre avait sa voix séparée. Le tiers demande donc que les votes y soient pris par têtes et non par ordre. Voilà à quoi se réduisent ces réclamations qui ont paru jeter l'alarme chez les privilégiés, parce qu'ils ont cru que par cela seul la réforme des abus devenait indispensable.

La véritable intention du tiers état est d'avoir aux états généraux une influence égale à celle des privilégiés. Je le répète, peut-il demander moins ? Et n'est-il pas clair que si son influence y est au-dessous de l'égalité, on ne peut pas espérer qu'il sorte de sa nullité politique et qu'il devienne quelque chose ? Mais ce qu'il y a de véritablement malheureux, c'est que les trois articles qui forment la réclamation du tiers sont insuffisants pour lui donner cette égalité d'influence dont il ne peut point, en effet, se passer. Vainement obtiendra-t-il un nombre égal de représentants tirés de son ordre: l'influence des privilégiés viendra se placer et dominer dans le sanctuaire même du tiers. Où sont les postes, les emplois, les bénéfices à donner ? De quel côté est le besoin de la protection ? De quel côté est le pouvoir de protéger ?… et les non-privilégiés qui paraîtraient les plus propres par leurs talents à soutenir les intérêts de leur ordre ne sont-ils pas élevés dans un respect superstitieux ou forcé envers la noblesse ? On sait combien les hommes en général sont faciles à se plier à toutes les habitudes qui peuvent leur devenir utiles. Ils pensent constamment à améliorer leur sort; et lorsque l'industrie personnelle ne peut avancer par les voies honnêtes, elle se jette dans de fausses routes. Je ne sais quel peuple de l'antiquité, pour accoutumer ses enfants aux exercices violents ou adroits, n'accordait des aliments qu'après leurs succès ou leurs efforts en ce genre.

De même, parmi nous, la classe la plus habile du tiers état a été forcée, pour obtenir son nécessaire, de se dévouer à la volonté des hommes puissants. Cette partie de la nation en est venue à former comme une grande antichambre où, sans cesse occupée de ce que disent ou font ses maîtres, elle est toujours prête à tout sacrifier aux fruits qu'elle se promet du bonheur de plaire à voir de pareilles moeurs, comment ne pas craindre que les qualités les plus propres à la défense de l'intérêt national ne soient prostituées à celle des préjugés ? Les défenseurs les plus hardis de l'aristocratie seront dans l'ordre du tiers état et parmi les hommes qui, nés avec beaucoup d'esprit et peu d'âme, sont aussi avides du pouvoir et des caresses des grands qu'incapables de sentir le prix de la liberté. Outre l'empire de l'aristocratie, qui, en France, dispose de tout, et de cette superstition féodale qui avilit encore la plupart des esprits, il y a l'influence de la propriété: celle-ci est naturelle; je ne la proscris point; mais on conviendra qu'elle est encore tout à l'avantage des privilégiés et qu'on peut redouter avec raison qu'elle ne leur prête son puissant appui contre le tiers état. Les municipalités ont cru trop facilement qu'il suffisait d'écarter la personne des privilégiés de la représentation du peuple, pour être à l'abri de l'influence des privilèges. Dans les campagnes et partout, quel est le seigneur un peu populaire qui n'ait à ses ordres, s'il le veut bien, une foule indéfinie d'hommes du peuple ? Calculez les suites et les contrecoups de cette première influence, et rassurez-vous, si vous le pouvez, sur les résultats d'une assemblée que vous voyez fort loin des premiers comices, mais qui n'en est pas moins une combinaison de ces premiers éléments. Plus on considère ce sujet, plus on aperçoit l'insuffisance des trois demandes du tiers. Mais enfin, telles qu'elles sont, on les a attaquées avec force: examinons les prétextes de cette hostilité.

Première demande

Que les représentants du tiers état ne soient choisis que parmi les citoyens qui appartiennent véritablement au tiers.

Nous avons déjà expliqué que, pour appartenir véritablement au tiers, il ne fallait être taché d'aucune espèce de privilège. Les gens de robe, parvenus à la noblesse par une porte qu'ils ont arrêté, on ne sait pas pourquoi, de refermer après eux, veulent à toute force être des états généraux. Ils se sont dit: la noblesse ne veut pas de nous; nous ne voulons pas du tiers; s'il était possible que nous formassions un ordre particulier, cela serait admirable; mais nous ne le pouvons pas. Comment faire ? Il ne nous reste qu'à maintenir l'ancien abus, par lequel le tiers députait des nobles; et par là nous

satisferons nos désirs, sans manquer à nos prétentions.
Tous les nouveaux nobles, quelle que soit leur origine, se sont hâtés de répéter dans le même esprit: il faut que le tiers puisse députer des gentilshommes. La vieille noblesse, qui se dit la bonne, n'a pas le même intérêt à conserver cet abus; mais elle sait calculer. Elle a dit: nous mettrons nos enfants dans la chambre des communes, et, en tout, c'est une excellente idée que de nous charger de représenter le tiers. Une fois la volonté bien décidée, les raisons, comme l'on sait, ne manquent jamais. Il faut, a-t-on dit, conserver l'ancien usage…, excellent usage, qui, pour représenter le tiers, l'a positivement exclu, jusqu'à ce moment, de la représentation ! L'ordre du tiers a ses droits politiques, comme ses droits civils; il doit exercer par lui-même les uns comme les autres. Quelle idée que celle de distinguer les ordres pour l'utilité des deux premiers et le malheur du troisième, et de les confondre, dès que cela est encore utile aux deux premiers et nuisible à la nation ! Quel usage à maintenir, que celui en vertu duquel les ecclésiastiques et les nobles pourraient s'emparer de la chambre du tiers ! De bonne foi, se croiraient-ils représentés si le tiers pouvait envahir la députation de leurs ordres ? Il est permis, pour montrer le vice d'un principe, d'en pousser les conséquences jusqu'où elles peuvent aller. Je me sers de ce moyen et je dis: si les gens des trois états se permettent de donner indifféremment leur procuration à qui il leur plaît, il est possible qu'il n'y ait que des membres d'un seul ordre à l'assemblée.
Admettrait-on, par exemple, que le clergé seul pût représenter toute la nation ? Je vais plus loin. Après avoir chargé un ordre de la confiance des trois états, réunissons sur un seul individu la procuration de tous les citoyens: soutiendra-t-on qu'un seul individu pourrait remplacer les états généraux ? Quand un principe mène à des conséquences absurdes, c'est qu'il est mauvais. On ajoute que c'est nuire à la liberté des commettants, que de les borner dans leur choix; j'ai deux réponses à faire à cette prétendue difficulté. La première, qu'elle est de mauvaise foi, et je le prouve. On connaît la domination des seigneurs sur les paysans et autres habitants des campagnes; on connaît les manœuvres accoutumées ou possibles de leurs nombreux agents, y compris les officiers de leurs justices.
Donc, tout seigneur qui voudra influencer la première élection est, en général, assuré de se faire députer au bailliage, où il ne s'agira plus que de choisir parmi les seigneurs eux-mêmes ou parmi ceux qui ont mérité leur plus intime confiance. Est-ce pour la liberté du peuple que vous vous ménagez le pouvoir de lui ravir sa confiance ? Il est affreux d'entendre profaner le nom sacré de la liberté pour cacher les desseins qui y sont les plus contraires. Sans doute, il faut laisser aux commettants toute leur liberté, et c'est pour cela même qu'il est nécessaire d'exclure de leur députation tous les privilégiés trop accoutumés à dominer impérieusement le peuple. Ma seconde réponse est directe. Il ne peut y avoir, dans aucun genre, une liberté

ou un droit sans limites. Dans tous les pays, la loi a fixé des caractères certains, sans lesquels on ne peut être ni électeur ni éligible. Ainsi, par exemple, la loi doit déterminer un âge au-dessous duquel on sera inhabile à représenter ses concitoyens. Ainsi les femmes sont partout, bien ou mal, éloignées de ces sortes de procurations. Il est constant qu'un vagabond, un mendiant ne peuvent être chargés de la confiance politique des peuples. Un domestique et tut ce qui est dans la dépendance d'un maître, un étranger non naturalisé, seraient-ils admis à figurer parmi les représentants de la nation ? La liberté politique a donc ses limites comme la liberté civile. Il s'agit seulement de savoir si la condition de la non-éligibilité, que le tiers réclame, n'est pas aussi essentielle que toutes celles que je viens d'indiquer.

Or, la comparaison est toute en sa faveur; car un mendiant, un étranger, peuvent n'avoir pas un intérêt opposé à l'intérêt du tiers. Au lieu que le noble et l'ecclésiastique sont, par état, amis des privilèges dont ils profitent. Ainsi, la condition exigée par le tiers est pour lui la plus importante de toutes celles que la loi, d'accord avec l'équité et la nature des choses, doit mettre au choix des représentants. Pour faire ressortir davantage ce raisonnement, je fais une hypothèse. Je suppose que la France est en guerre avec l'Angleterre et que tout ce qui est relatif aux hostilités se conduit, chez nous, par un directoire composé de représentants nationaux. Dans ce cas, je le demande, permettrait-on aux provinces, sous prétexte de ne pas choquer leur liberté, de choisir, pour leurs députés au directoire, des membres du ministère anglais ? Certes, les privilégiés ne se montrent pas moins ennemis de l'ordre commun, que les anglais ne le sont des français en temps de guerre.

Par une suite de ces principes, on ne doit point souffrir que ceux du tiers, qui appartiennent trop exclusivement aux membres des deux premiers ordres, puissent être chargés de la confiance des communes. On sent qu'ils en sont incapables par leur position; et cependant, si l'exclusion n'était pas formelle, l'influence des seigneurs, devenue inutile pour eux-mêmes, ne manquerait pas de s'exercer en faveur des gens dont ils disposent. Je demande, surtout, qu'on fasse attention aux nombreux agents de la féodalité.

C'est aux restes odieux de ce régime barbare que nous devons la division encore subsistante, pour le malheur de la France, de trois ordres ennemis l'un de l'autre. Tout serait perdu si les mandataires de la féodalité venaient à usurper la députation de l'ordre commun. Qui ne sait que les serviteurs se montrent plus âpres et plus hardis pour l'intérêt de leurs maîtres, que les maîtres eux-mêmes ? Je sais que cette proscription s'étend sur beaucoup de monde, puisqu'elle regarde, en particulier, tous les officiers des justices seigneuriales, etc....; mais c'est ici la force des choses qui commande. Le Dauphiné a donné sur cela un grand exemple. Il est nécessaire d'écarter, comme lui, de l'éligibilité du tiers, les gens du fisc et leurs cautions, ceux de l'administration, etc. Quant aux fermiers des biens appartenant aux deux premiers ordres, je pense bien aussi que, dans leur condition actuelle, ils sont trop dépendants pour voter librement en faveur de leur ordre.

Mais ne puis-je espérer que le législateur consentira un jour à s'éclairer sur les intérêts de l'agriculture, sur ceux du civisme et de la prospérité publique; qu'il cessera enfin de confondre l'âpreté fiscale avec l'oeuvre du gouvernement ? Alors on permettra, on favorisera même des baux à vie sur la tête du fermier, et nous ne les regarderons plus, ces fermiers si précieux, que comme des tenanciers libres, très propres assurément à soutenir les intérêts de la nation. On a cru renforcer la difficulté que nous venons de détruire, en avançant que le tiers état n'avait pas des membres assez éclairés, assez courageux, etc., pour le représenter, et qu'il fallait recourir aux lumières de la noblesse… cette étrange assertion ne mérite pas de réponse. Considérez les classes disponibles du tiers état, et j'appelle, avec tout le monde, classes disponibles, celles où une sorte d'aisance permet aux hommes de recevoir une éducation libérale, de cultiver leur raison, enfin de s'intéresser aux affaires publiques. Ces classes-là n'ont pas d'autre intérêt que celui du reste du peuple. Voyez si elles ne contiennent pas assez de citoyens instruits, honnêtes, dignes, à tous égards, d'être de bons représentants de la nation. Mais enfin, dit-on, si un bailliage s'obstine à ne vouloir donner sa procuration du tiers qu'à un noble ou un ecclésiastique ? S'il n'a de confiance qu'en lui ?… j'ai déjà dit qu'il ne pouvait pas y avoir de liberté illimitée et que, parmi toutes les conditions à imposer à l'éligibilité, celle que le tiers réclamait était la plus nécessaire de toutes.

Mais répondons plus immédiatement. Je suppose qu'un bailliage veuille absolument se nuire; doit-il avoir pour cela le droit de nuire aux autres ? Si je suis seul intéressé aux démarches de mon procureur fondé, on pourra se contenter de me dire: tant pis pour vous, pourquoi l'avez-vous mal choisi ? Mais ici les députés d'un district ne sont pas seulement les représentants du bailliage qui les a nommés, ils sont encore appelés à représenter la généralité des citoyens, à voter pour tout le royaume. Il faut donc une règle commune et des conditions, dussent-elles déplaire à certains commettants, qui puissent rassurer la totalité de la nation contre le caprice de quelques électeurs.

Deuxième demande du tiers

Que ses députés soient en nombre égal à ceux des deux ordres privilégiés.

Je ne puis m'empêcher de le répéter: la timide insuffisance de cette réclamation se ressent encore des vieux temps. Les villes du royaume n'ont pas assez consulté les progrès des lumières et même de l'opinion publique. Elles n'auraient pas rencontré plus de difficultés en demandant deux voix contre une, et peut-être se fût-on hâté, alors, de leur offrir cette égalité contre laquelle on combat aujourd'hui avec tant d'éclat. Au reste, quand on veut décider une question comme celle-ci, il ne faut pas se contenter,

comme on le fait trop souvent, de donner son désir, ou sa volonté, ou l'usage pour des raisons; il faut remonter aux principes. Les droits politiques, comme les droits civils, doivent tenir à la qualité de citoyen.
Cette propriété légale est la même pour tous, sans égard au plus ou moins de propriété réelle dont chaque individu peut composer sa fortune ou sa jouissance. Tout citoyen qui réunit les conditions déterminées pour être électeur, a droit de se faire représenter, et sa représentation ne peut pas être une fraction de la représentation d'un autre. Ce droit est un; tous l'exercent également, comme tous sont protégés également par la loi qu'ils ont concouru à faire. Comment peut-on soutenir, d'un côté, que la loi est l'expression de la volonté générale, c'est-à-dire de la pluralité, et prétendre en même temps que dix volontés individuelles peuvent balancer mille volontés particulières ? N'est-ce pas s'exposer à laisser faire la loi par la minorité, ce qui est évidemment contre la nature des choses ? Si ces principes, tout certains qu'ils sont, sortent un peu trop des idées communes, je rappellerai le lecteur à une comparaison qui est sous ses yeux. N'est-il pas vrai qu'il paraît juste à tout le monde, excepté à m l'évêque de Nev, que l'immense bailliage du Poitou ait plus de représentants aux états généraux que le petit bailliage de Gex ? Pourquoi cela ? Parce que, dit-on, la population et la contribution du Poitou sont bien supérieures à celles de Gex. On admet donc des principes d'après lesquels on peut déterminer la proportion des représentants. Voulez-vous que la contribution en décide ? Mais quoique nous n'ayons pas une connaissance certaine de l'imposition respective des ordres, il saute aux yeux que le tiers en supporte plus de la moitié.
A l'égard de la population on sait quelle immense supériorité le troisième ordre a sur les deux premiers. J'ignore, comme tout le monde, quel en est le véritable rapport; mais, comme tout le monde, je me permettrai de faire mon calcul. D'abord pour le clergé. Nous compterons quarante mille paroisses, en y comprenant les annexes; ce qui donne tout d'un coup le nombre des curés, y compris les desservants des annexes,

: ci 40000

On peut bien compter un vicaire par quatre paroisses l'une dans l'autre,

: ci 10000

Le nombre des cathédrales est comme celui des diocèses; à vingt chanoines l'un dans l'autre, y compris les cent quarante évêques ou archevêques

: 2800

On peut supposer, à vue de pays, que les chanoines de collégiales montent au double,

: ci 5600

Après cela, il ne faut pas croire qu'il reste autant de têtes ecclésiastiques qu'il y a de bénéfices simples, abbayes, prieurés et chapelles. On sait, de reste, que la pluralité des bénéfices n'est pas inconnue en France. Les évêques et les chanoines sont en même temps abbés, prieurs et chapelains. Pour ne pas faire un double emploi, j'estime à trois mille bénéficiers ceux qui ne sont pas déjà compris dans les nombres ci-dessus,

: ci 3000

Enfin, je suppose environ deux mille ecclésiastiques, bien entendu dans les ordres sacrés, n'ayant aucune espèce de bénéfices

: 2000

Il reste les moines et les religieuses, qui sont diminués, depuis trente ans, dans une progression accélérée. Je ne crois pas qu'il y en ait aujourd'hui plus de dix-sept mille, ci

: 17000

Nombre total des têtes ecclésiastiques

: 80400

Noblesse. Je ne connais qu'un moyen d'approcher du nombre des individus de cet ordre: c'est de prendre la province où ce nombre est le mieux connu et de la comparer au reste de la France. La Bretagne est cette province; et je remarque d'avance qu'elle est plus féconde en noblesse que les autres, soit parce qu'on n'y déroge point, soit à cause des privilèges qui y retiennent les familles, etc. On compte en Bretagne dix-huit cent familles nobles. J'en suppose deux mille, parce qu'il en est qui n'entrent pas encore aux états. En estimant chaque famille à cinq personnes, il y a en Bretagne dix mille nobles de tout âge et de tout sexe. Sa population totale est de deux millions trois cent mille individus.
Cette somme est à la population de la France entière comme 1 à 2. Il s'agit donc de multiplier dix mille par onze, et l'on aura cent dix mille têtes nobles au plus pour la totalité du royaume,

: ci 110 000.

Donc, en tout, il n'y a pas deux cent mille privilégiés des deux premiers ordres. Comparez ce nombre à celui de vingt-cinq à vingt-six millions d'âmes, et jugez la question.
Si l'on veut actuellement atteindre à la même solution, en consultant d'autres principes tout aussi incontestables, considérons que les privilégiés sont au grand corps des citoyens ce que les exceptions sont à la loi. Toute société doit être réglée par des lois communes et soumise à un ordre commun. Si vous y faites des exceptions, au moins doivent-elles être rares; et dans aucun cas, elles ne peuvent avoir sur la chose publique le même poids, la même influence que la règle commune. Il est réellement insensé de mettre en regard du grand intérêt de la masse nationale l'intérêt des exempts, comme on fait pour le balancer en aucune manière.
Au reste, nous nous expliquerons davantage sur ce sujet dans le sixième chapitre. Lorsque, dans quelques années, on viendra à se rappeler toutes les difficultés que l'on fait essuyer aujourd'hui à la trop modeste demande du tiers, on s'étonnera, et du peu de valeur des prétextes qu'on y oppose, et, encore plus, de l'intrépide iniquité qui a osé en chercher. Ceux mêmes qui invoquent, contre le tiers, l'autorité des faits pourraient y lire, s'ils étaient de bonne foi, la règle de leur conduite. Il a suffi de l'existence d'un petit nombre de bonnes villes, pour former, sous Philippe Le Bel, ne chambre des communes aux états généraux. Depuis ce temps, la servitude féodale a disparu, et les campagnes ont offert une population nombreuse de nouveaux citoyens.
Les villes se sont multipliées, se sont agrandies. Le commerce et les arts y ont créé, pour ainsi dire, une multitude de nouvelles classes dans lesquelles il est un grand nombre de familles aisées, remplies d'hommes bien élevés et attachés à la chose publique. Pourquoi ce double accroissement, si supérieur à ce qu'étaient autrefois les bonnes villes dans la balance de la nation, n'a-t-il pas engagé la même autorité à créer deux nouvelles chambres en faveur du tiers ? L'équité et la bonne politique se réunissaient pour le demander. On n'ose pas se montrer aussi déraisonnable à l'égard d'une autre sorte d'accroissement survenu à la France; je veux parler des nouvelles provinces qui y ont été unies depuis les derniers états généraux. Personne n'ose dire que ces nouvelles provinces ne doivent pas avoir des représentants à elles, par de là ceux qui étaient aux états de 1614.
Pourquoi donc, lorsqu'il s'agit d'une augmentation qu'il est si facile de comparer à celle du territoire, puisque les fabriques et les arts offrent, comme le territoire, de nouvelles richesses, une nouvelle contribution et une nouvelle population, pourquoi, dis-je, refuse-t-on de lui donner des représentants par de là ceux qui étaient aux états de 1614 ? Mais, je presse de raisons des gens qui ne savent écouter que leur intérêt. On ne peut les

toucher que par un autre genre de considérations. En voici une que je leur offre. Convient-il à la noblesse d'aujourd'hui de garder le langage et l'attitude qu'elle avait dans les siècles gothiques ? Et convient-il au tiers état de garder, à la fin du XVIIIe siècle, les moeurs tristes et lâches de l'ancienne servitude ? Si le tiers état sait se connaître et se respecter, certes, les autres le respecteront aussi.

Qu'on songe que l'ancien rapport entre les ordres est changé des deux côtés à la fois; le tiers, qui avait été réduit à rien, a réacquis par son industrie une partie de ce que l'injure du plus fort lui avait ravi. Au lieu de redemander ses droits, il a consenti à les payer; on ne les lui a pas restitués, on les lui a vendus. Mais enfin, d'une manière ou d'autre, il peut s'en mettre en possession. Il ne doit pas ignorer qu'il est aujourd'hui la réalité nationale dont il n'était autrefois que l'ombre; que, pendant ce long changement, la noblesse a cessé d'être cette monstrueuse réalité féodale qui pouvait opprimer impunément, qu'elle n'en est plus que l'ombre, et que vainement cette ombre cherche-t-elle encore à épouvanter une nation entière.

Troisième et dernière demande du tiers état.

Que les états généraux votent non par ordres, mais par têtes.

On peut envisager cette question de trois manières: dans l'esprit du tiers, suivant l'intérêt des privilégiés, et enfin d'après les bons principes. Il serait inutile, sous le premier point de vue, de rien ajouter à ce que nous avons déjà dit; il est clair que pour le tiers cette demande est une suite nécessaire des deux autres. Les privilégiés craignent l'égalité d'influence dans le troisième ordre et ils la déclarent inconstitutionnelle; cette conduite est d'autant plus frappante qu'ils ont été jusqu'à présent deux contre un, sans rien trouver d'inconstitutionnel à cette injuste supériorité. Ils sentent très intimement le besoin de conserver le veto sur tout ce qui pourrait être contraire à leur intérêt. Je ne répéterai point les raisonnements par lesquels vingt écrivains ont battu cette prétention et l'argument des anciennes formes. Je n'ai qu'une observation à faire.

Il y a sûrement des abus en France; ces abus tournent au profit de quelqu'un: ce n'est guère au tiers qu'ils sont avantageux, mais c'est bien à lui surtout qu'ils sont nuisibles. Or je demande si, dans cet état des choses, il est possible de détruire aucun abus, tant qu'on laissera le veto à ceux qui en profitent. Toute justice serait sans force; il faudrait tout attendre de la pure générosité des privilégiés. Serait-ce là l'idée qu'on se forme de l'ordre social ? Si nous voulons actuellement considérer le même sujet d'après les principes qui sont faits pour l'éclairer, c'est-à-dire d'après ceux qui forment la science sociale, indépendamment de tout intérêt particulier, nous verrons prendre à cette question une face nouvelle. On ne peut accueillir, soit la demande du tiers, soit la défense des privilégiés, sans renverser les notions les plus certaines.

Je n'accuse assurément pas les bonnes villes du royaume d'avoir eu cette intention. Elles ont voulu se rapprocher de leurs droits, en réclamant au moins l'équilibre entre les deux influences; elles ont professé d'ailleurs d'excellentes vérités: car il est constant que le veto d'un ordre sur les autres serait un droit propre à tout paralyser dans un pays où les intérêts sont si opposés; il est certain qu'en ne votant point par têtes, on s'expose à méconnaître la vraie pluralité, ce qui serait le plus grand des inconvénients, parce que la loi serait radicalement nulle. Ces vérités sont incontestables. Mais les trois ordres, tels qu'ils sont constitués, pourront-ils se réunir pour voter par têtes ? Telle est la véritable question. Non. à consulter les vrais principes, ils ne peuvent voter en commun, ni par têtes, ni par ordres.

Quelque proportion que vous adoptiez entre eux, elle ne peut remplir le but qu'on se propose, qui serait de lier la totalité des représentants par une volonté commune. Cette assertion a, sans doute, besoin de développement et de preuves: qu'on me permette de les renvoyer au sixième chapitre. Je ne veux pas déplaire à ces personnes modérées qui craignent toujours que la vérité ne se montre mal à propos. Il faut auparavant leur arracher l'aveu que la situation des choses est telle aujourd'hui, par la seule faute des privilégiés, qu'il est temps de prendre son parti et de dire ce qui est vrai et juste dans toute sa force.

Le gouvernement entraîné, non par des motifs dont on puisse lui savoir gré, mais par ses fautes, convaincu qu'il ne pouvait y remédier sans le concours volontaire de la nation, a cru s'assurer, de sa part, un consentement aveugle à tous ses projets, en offrant de faire quelque chose pour elle. Dans cette vue, M De Calonne proposa le plan des assemblées provinciales.

1. Assemblées provinciales.

Il était impossible de s'occuper, un moment, de l'intérêt de la nation sans être frappé de la nullité politique du tiers. Le ministre a senti même que la distinction des ordres était contraire à toute espérance de bien, et il a projeté sans doute de la faire disparaître avec le temps. C'est du moins dans cet esprit que le premier plan des assemblées provinciales paraît avoir été conçu et rédigé. Il ne faut que le lire avec un peu d'attention pour s'apercevoir qu'on n'y avait pas égard à l'ordre personnel des citoyens. Il n'y était question que de leurs propriétés, ou de l'ordre réel. C'était comme propriétaire et non comme prêtre, noble ou roturier, qu'on devait être appelé dans ces assemblées, intéressantes par leur objet, bien plus importantes encore par la manière dont elles devaient se former, puisque par elles s'établissait une véritable représentation nationale.

Quatre espèces de propriétés étaient distinguées: 1° les seigneuries. Ceux qui les possèdent, nobles ou roturiers, ecclésiastiques ou laïques, devaient former la première classe. On divisait en trois autres classes les propriétés ordinaires ou simples, par opposition aux seigneuries. Une distribution plus naturelle n'en aurait formé que deux, indiquées par la nature des travaux et la balance des intérêts; savoir, les propriétés de la campagne et celles des villes. Dans ces dernières, on aurait compris, avec les maisons, tous les arts, fabriques, métiers, etc. Mais on croyait sans doute que le temps n'était pas encore venu de fondre dans ces deux divisions les biens ordinaires ecclésiastiques. Ainsi on avait cru devoir laisser les biens simples du clergé dans une classe séparée. C'était la seconde. La troisième comprenait les biens de la campagne, et la quatrième les propriétés des villes. Remarquez que, trois de ces sortes de propriétés étant indistinctement possédées par des citoyens des trois ordres, trois classes sur quatre auraient pu être composées indifféremment de nobles, de roturiers ou de prêtres. La deuxième classe elle-même aurait contenu des chevaliers de Malte, et même des laïques pour représenter les hôpitaux, les fabriques paroissiales, etc.

Il est naturel de croire que, les affaires publiques se traitant dans ces assemblées, sans égard à l'ordre personnel, il se serait bientôt formé une communauté d'intérêts entre les trois ordres, qui aurait été, par conséquent, l'intérêt général; et la nation aurait fini par où toutes les nations auraient dû commencer, par être une.

Tant de bonnes vues ont échappé à l'esprit si vanté du principal ministre. Ce n'est pas qu'il n'ait très bien vu l'intérêt qu'il voulait servir; mais il n'a rien compris à la valeur réelle de ce qu'il gâtait. Il a rétabli la division impolitique des ordres personnels; et quoique ce seul changement entraînât la nécessité de faire un nouveau plan, il s'est contenté de l'ancien, pour tout ce qui ne lui paraissait pas choquer ses intentions; et il s'étonnait ensuite des mille difficultés qui sortaient tous les jours du défaut de concordance. La noblesse surtout ne concevait pas comment elle pourrait se régénérer dans des assemblées où l'on avait oublié les généalogistes. Ses anxiétés, à cet égard, ont été plaisantes pour les observateurs. Parmi tous les vices d'exécution de cet établissement, le plus grand a été de le commencer par les toits au lieu de le reposer sur ses fondements naturels, l'élection libre des peuples. Mais, au moins, ce ministre, pour rendre hommage aux droits du tiers état, lui annonçait-il un nombre de représentants pour son ordre égal à ceux du clergé et de la noblesse réunis. L'institution est positive sur cet article. Qu'en est-il arrivé ? Que l'on a fait nommer des députés au tiers parmi les privilégiés. Je connais une de ces assemblées où, sur cinquante-deux membres, il n'y en a qu'un seul qui ne soit pas privilégié. C'est ainsi qu'on sert la cause du tiers, même après avoir publiquement annoncé qu'on veut lui rendre justice !

2. Notables.

Les notables ont trompé l'espoir de l'un et de l'autre ministre. Rien n'est plus juste, à leur égard, que l'excellent coup de pinceau de M C. " le roi les a rassemblés deux fois autour de lui pour les consulter sur les intérêts du trône et de la nation. Qu'ont fait les notables en 1787 ? Qu'ont fait les notables en 1788 ? Ils ont défendu leurs privilèges contre la nation. "c'est qu'au lieu de consulter des notables en privilèges, il aurait fallu consulter des notables en lumières. Les plus petits particuliers ne s'y trompent pas, lorsqu'ils ont à demander conseil dans leurs affaires, ou dans celles des gens qui les intéressent véritablement.

M. Necker s'est abusé. Mais pouvait-il imaginer que ces mêmes hommes, qui avaient voté pour admettre le tiers en nombre égal dans les assemblées provinciales, rejetteraient cette égalité pour les états généraux ? Quoi qu'il en soit, le public ne s'y est point trompé. On l'a toujours entendu désapprouver une mesure dont il prévoyait l'événement, et à laquelle, dans la meilleure supposition, il attribuait des lenteurs préjudiciables à la nation. Il semble que ce serait ici le lieu de développer quelques-uns des motifs qui ont inspiré la majorité des derniers notables. Mais n'anticipons pas sur le jugement de l'histoire; elle ne parlera que trop tôt pour des hommes qui, placés dans la plus belle des circonstances et pouvant dicter à une grande nation ce qui est juste, beau et bon, ont mieux aimé prostituer cette superbe occasion à un misérable intérêt de corps. Les tentatives du ministère, comme l'on voit, n'ont pas produit d'heureux fruits en faveur du tiers.

3. Ecrivains patriotes des deux premiers ordres.

C'est une chose remarquable que la cause du tiers ait été défendue avec plus d'empressement et de force par des écrivains ecclésiastiques et nobles, que par les non privilégiés eux-mêmes. Je n'ai vu dans les lenteurs du tiers état que l'habitude du silence et de la crainte dans l'opprimé, ce qui présente une preuve de plus de la réalité de l'oppression. Est-il possible de réfléchir sérieusement sur les principes et la fin de l'état de société, sans être révolté jusqu'au fond de l'âme de la monstrueuse partialité des institutions humaines ? Je ne suis point étonné que les deux premiers ordres aient fourni les premiers défenseurs de la justice et de l'humanité. Les talents tiennent à l'emploi exclusif de l'intelligence et aux longues habitudes: les membres de l'ordre du tiers doivent par mille raisons y exceller; mais les lumières de la morale publique doivent paraître d'abord chez des hommes bien mieux placés pour saisir les grands rapports sociaux, et chez qui le ressort originel est moins communément brisé; car il est des sciences qui tiennent autant à l'âme qu'à l'esprit. Si la nation parvient à la liberté, elle se tournera, je n'en doute point, avec reconnaissance vers ces auteurs patriotes des deux premiers ordres, qui, les premiers abjurant de vieilles erreurs, ont préféré les principes de la justice universelle aux combinaisons meurtrières de l'intérêt de corps contre l'intérêt national. En attendant les honneurs publics que la nation leur décernera, puissent-ils ne pas dédaigner l'hommage d'un citoyen dont l'âme brûle pour une patrie libre et adore tous les efforts qui tendent à la faire sortir des décombres de la féodalité !

Certainement les deux premiers ordres sont intéressés à rétablir le tiers dans ses droits. On ne doit point se le dissimuler; le garant de la liberté publique ne peut être que là où est la force réelle. Nous ne pouvons être libres qu'avec le peuple et par lui.

Si une considération de cette importance est au-dessus de la frivolité et de l'étroit égoïsme de la plupart des têtes françaises, au moins ne pourront-elles s'empêcher d'être frappées des changements survenus dans l'opinion publique. L'empire de la raison s'étend tous les jours davantage; il nécessite de plus en plus la restitution des droits usurpés. Plus tôt ou plus tard, il faudra que toutes les classes se renferment dans les bornes du contrat social. Sera-ce pour en recueillir les avantages innombrables ou pour les sacrifier au despotisme ? Telle est la véritable question. Dans la nuit de la barbarie et de la féodalité, les vrais rapports des hommes ont pu être détruits, toutes les nations bouleversées, toute justice corrompue; mais, au lever de la lumière, il faut que les absurdités gothiques s'enfuient, que les restes de l'antique férocité tombent et s'anéantissent. C'est une chose sûre. Ne ferons-nous que changer de maux, ou l'ordre social, dans toute sa beauté, prendra-t-il la place de l'ancien désordre ? Les changements que nous allons éprouver seront-ils le fruit d'une guerre intestine, désastreuse à tous égards pour les trois ordres, et profitable seulement au pouvoir ministériel, ou bien seront-ils l'effet naturel, prévu et bien gouverné, d'une vue simple et juste, d'un concours heureux, favorisé par des circonstances puissantes et promu avec franchise par toutes les classes intéressées ?

4. Promesse de supporter également les impositions.

Les notables ont exprimé le voeu formel de faire supporter les mêmes impositions par les trois ordres. Ce n'était pas sur cet objet qu'on leur demandait leur avis. Il s'agissait de la manière de convoquer les états généraux, et non des délibérations que cette assemblée aura à prendre. Ainsi on ne peut regarder ce voeu que comme celui qui est émané des pairs, du parlement, et enfin de tant de sociétés particulières et d'individus qui s'empressent aujourd'hui de convenir que le plus riche doit payer autant que le plus pauvre. On sent très bien que si les contributions avaient été ce qu'elles doivent être, un don volontaire de la part des contribuables, le tiers n'aurait pas voulu se montrer plus généreux que les autres ordres.

Nous ne pouvons le dissimuler, un concours aussi nouveau a effrayé une partie du public. Il est bon, sans doute, et louable de se montrer d'avance disposé à se soumettre de bon coeur à une juste répartition d'impôt, lorsqu'elle aura été prononcée par la loi. Mais d'où viennent, s'est-on dit, de la part du second ordre un zèle si nouveau, tant d'accord et tant d'empressement ? En offrant une cession volontaire, espérerait-il dispenser la loi d'en faire un acte de justice ? Trop d'attention à prévenir ce que doivent faire les états généraux ne pourrait-il pas tendre à s'en passer ? Je n'accuse point la noblesse de dire au roi: sire, vous n'avez besoin des états généraux que pour rétablir vos finances: eh bien ! Nous offrons de payer comme le tiers; voyez si cet excédent ne pourrait pas nous délivrer d'une assemblée qui nous inquiète plus que vous ? Non, cette vue est impossible à supposer. On pourrait plutôt soupçonner la noblesse de vouloir faire illusion au tiers, de vouloir, au prix d'une sorte d'anticipation d'équité, donner le change à ses pétitions actuelles et le distraire de la nécessité, pour lui, d'être quelque chose aux états généraux. Elle semble dire au tiers: " que demandez-vous ? Que nous payions comme vous ? Cela est juste, nous paierons. Laissez donc l'ancien train des choses, où vous n'étiez rien, où nous étions tout, et où il nous a été si facile de ne payer que ce que nous avons voulu."

Le tiers peut répondre: " il est temps assurément que vous portiez, comme nous, le poids d'un tribut qui vous est bien plus utile qu'à nous. Vous prévoyiez très bien que cette monstrueuse iniquité ne pouvait pas durer davantage. Si nous sommes libres dans nos dons, il est clair que nous ne pouvons en faire de plus abondants que les vôtres. Oui, vous paierez, non par générosité, mais par justice; non parce que vous le voulez bien, mais parce que vous le devez. Nous attendons, de votre part, un acte d'obéissance à la loi commune, plutôt que le témoignage d'une insultante pitié pour un ordre que vous avez si longtemps traité sans pitié. Mais c'est aux états généraux que cette affaire doit se discuter; il s'agit aujourd'hui de les bien constituer. Si le tiers n'y est pas représenté, la nation y sera muette. Rien ne pourra s'y faire validement. Lors même que vous trouveriez le moyen d'établir partout le bon ordre sans notre concours, nous ne pouvons pas souffrir qu'on dispose de nous sans nous. Une longue et funeste expérience nous empêche même de croire à la solidité d'aucune bonne loi qui ne serait que le don du plus fort."

Les privilégiés ne se lassent pas de dire que tout est égal entre les ordres, du moment qu'ils renoncent aux exemptions pécuniaires. Si tout est égal, que craignent-ils des demandes du tiers ? Imagine-t-on qu'il voulût se blesser lui-même en attaquant un intérêt commun ? Si tout est égal, pourquoi tous ces efforts pour l'empêcher de sortir de sa nullité politique ?

Mais je demande où est la puissance miraculeuse qui garantira à la France l'impossibilité d'aucun abus dans aucun genre, par cela seul que la noblesse paiera sa quote-part de l'impôt ? Que s'il subsiste encore des abus ou des désordres, indépendamment de ceux qui touchent à l'impôt, qu'on m'explique comment tout peut être égal entre celui qui en jouit et celui qui en souffre.

Tout est égal ! C'est donc par esprit d'égalité qu'on a prononcé au tiers l'exclusion la plus déshonorante de tous les postes, de toutes les places un peu distinguées ? C'est par esprit d'égalité qu'on lui a arraché un surcroît de tribut pour créer cette quantité prodigieuse de ressources en tout genre, destinées exclusivement à ce qu'on appelle la pauvre noblesse ?

Dans toutes les affaires qui surviennent entre nos privilégiés et un homme du peuple, celui-ci n'est-il pas assuré d'être impunément opprimé, précisément parce qu'il lui faut recourir, s'il ose demander justice, à des privilégiés ? Eux seuls disposent de tous les pouvoirs, et leur premier mouvement n'est-il pas de regarder la plainte du roturier comme un manque de subordination ? Pour qui sont tous ces privilèges en matière judiciaire, les attributions, les évocations, les lettres de surséance, etc., avec lesquels on décourage ou l'on ruine sa partie adverse ? Est-ce pour le tiers non privilégié ? Qui sont les citoyens les plus exposés aux vexations personnelles des agents du fisc et des subalternes dans toutes les parties de l'administration ? Les membres du tiers, j'entends toujours du véritable tiers, de celui qui ne jouit d'aucune exemption.

Les lois, qui devraient au moins être exemptes de partialité, se montrent elles-mêmes complices des privilèges. Pour qui paraissent-elles être faites ? Pour les privilégiés. Contre qui ? Contre le peuple, etc., etc.

Et l'on veut que le peuple soit content et ne songe plus à rien, parce que la noblesse consent à payer comme lui ! On veut que des générations nouvelles ferment les yeux aux lumières contemporaines et s'accoutument tranquillement à un ordre d'oppression que les générations qui passent ne pouvaient plus endurer ! Laissons un sujet inépuisable et qui ne réveille que des sentiments d'indignation.

Tous les impôts particuliers au tiers seront abolis; il n'en faut pas douter. C'était un étrange pays, que celui où les citoyens qui profitaient le plus de la chose publique y contribuaient le moins; où il existait des impôts qu'il était honteux de supporter et que le législateur lui-même taxait d'être avilissants. Quel pays, que celui où le travail fait déroger, où il est honorable de consommer et humiliant de produire, où les professions pénibles sont dites viles, comme s'il pouvait y avoir autre chose de vil que le vice, et comme si c'était dans les classes laborieuses qu'il y a le plus de cette vilité, la seule réelle ?

Enfin, tous ces mots de taille, de franc-fief, d'ustensiles, etc., seront proscrits à jamais de la langue politique, et le législateur ne prendra plus un stupide plaisir à repousser cette foule d'étrangers que ces distinctions flétrissantes empêchaient d'apporter au milieu de nous leurs capitaux et leur industrie. Mais en prévoyant cet avantage et mille autres, qu'une assemblée bien constituée doit procurer aux peuples, je ne vois rien encore qui promette au tiers une bonne constitution. Il n'en est pas plus avancé dans ses demandes. Les privilégiés persistent à vouloir deux chambres et deux voix sur trois, et ils soutiennent toujours que la négative appartient à chacune d'elles.

5. Moyen terme proposé par les amis communs des privilégiés et du ministère.

Le ministère craint, par-dessus tout, une forme de délibération qui donnerait la mort à toutes les affaires. Si, du moins, on pouvait s'accorder pour remplir le déficit, le reste ne l'intéresserait plus guère; les ordres se disputeraient tant et aussi longtemps qu'ils le pourraient. Au contraire, moins ils feraient, plus le ministère se sentirait intact dans son ancienne autorité illimitée. De là un moyen de conciliation que l'on commence à colporter partout, et qui serait aussi utile aux privilégiés et au ministère que mortel pour le tiers. On propose de voter par têtes les subsides et tout ce qui regarde l'impôt. L'on veut bien ensuite que les ordres se retirent dans leurs chambres comme dans des forteresses inexpugnables, où les communes délibéreront sans succès, les privilégiés jouiront sans crainte, pendant que le ministre restera le maître. Mais, peut-on croire que le tiers donne dans ce piège ? Le vote des subsides devant être la dernière opération des états généraux, il faudra bien qu'on se soit accordé auparavant sur une forme générale pour toutes les délibérations.

6. On propose d'imiter la constitution anglaise.

Différents intérêts ont eu le temps de se former dans l'ordre de la noblesse. Elle n'est pas loin de se diviser en deux partis. Tout ce qui tient aux trois ou quatre cents familles les plus distinguées soupire après l'établissement d'une chambre haute, à l'exemple de celle d'Angleterre; leur orgueil se nourrit de l'espérance de n'être plus confondues dans la foule des gentilshommes. Ainsi la haute noblesse consentirait de bon coeur à rejeter dans la chambre des communes le reste des nobles avec la généralité des citoyens.

Le tiers se gardera, par-dessus tout, d'un système qui ne tendrait à rien moins qu'à remplir sa chambre de gens qui ont un intérêt si contraire à l'intérêt commun, d'un système qui le replacerait dans la nullité et l'oppression. Il existe, à cet égard, une différence réelle entre l'Angleterre et la France. En Angleterre, il n'y a de nobles privilégiés que ceux à qui la constitution accorde une partie du pouvoir législatif. Tous les autres citoyens sont confondus dans le même intérêt; point de privilèges qui en fassent des ordres distincts. Si donc on veut en France réunir les trois ordres en un, il faut auparavant abolir toute espèce de privilège. Il faut que le noble et le prêtre n'aient d'autre intérêt que l'intérêt commun et qu'ils ne jouissent, par la force de la loi, que des droits de simple citoyen. Sans cela, vous aurez beau réunir les trois ordres sous la même dénomination; ils feront toujours trois matières hétérogènes impossibles à amalgamer. On ne m'accusera pas de soutenir la distinction des ordres, que je regarde comme l'invention la plus funeste à tout bien social. Il n'y aurait au-dessus de ce malheur que celui de confondre ces ordres nominalement en les laissant séparés réellement par le maintien des privilèges. Ce serait consacrer à jamais leur triomphe sur la nation. Le salut public exige que l'intérêt commun de la société se maintienne quelque part, pur et sans mélange. Et c'est dans cette vue, la seule bonne, la seule nationale, que le tiers ne se prêtera jamais à la confusion des trois ordres dans une prétendue chambre des communes.

Il sera appuyé dans sa résistance par la petite noblesse, qui ne voudra jamais échanger les privilèges dont elle jouit, pour une illustration qui ne serait pas pour elle. Voyez en effet comme elle s'élève en Languedoc contre l'aristocratie des barons. Les hommes en général aiment fort à ramener à l'égalité tout ce qui leur est supérieur, ils se montrent alors philosophes. Ce mot ne leur devient odieux qu'au moment où ils aperçoivent les mêmes principes dans leurs inférieurs.

7. Que l'esprit d'imitation n'est pas propre à nous bien conduire.

Nous n'aurions pas tant de foi aux institutions anglaises, si les connaissances politiques étaient plus anciennes ou plus répandues parmi nous. à cet égard, la nation française est composée d'hommes ou trop jeunes ou trop vieux. Ces deux âges, qui se rapprochent par tant d'endroits, se ressemblent encore, en ce qu'ils ne peuvent l'un et l'autre se conduire que par l'exemple. Les jeunes cherchent à imiter, les vieux ne savent que répéter. Ceux-ci sont fidèles à leurs propres habitudes. Les autres singent les habitudes d'autrui. C'est le terme de leur industrie. Qu'on ne s'étonne donc pas de voir une nation qui, à peine, ouvre les yeux à la lumière, se tourner vers la constitution d'Angleterre, et vouloir la prendre pour modèle en tout. Il serait bien à désirer, dans ce moment, que quelque bon écrivain s'occupât de nous éclairer sur les deux questions suivantes: la constitution britannique est-elle bonne en elle-même ? Lors même qu'elle serait bonne, peut-elle convenir à la France ? J'ai bien peur que ce chef-d'oeuvre tant vanté ne pût soutenir un examen impartial, fait d'après les principes du véritable ordre politique. Nous reconnaîtrions, peut-être, qu'il est le produit du hasard et des circonstances, bien plus que des lumières. Sa chambre haute se ressent évidemment de l'époque de la révolution. Nous avons déjà remarqué qu'on ne pouvait guère la regarder que comme un monument de superstition gothique.

Voyez la représentation nationale, comme elle est mauvaise dans tous ses éléments, de l'aveu des anglais eux-mêmes ! Et pourtant les caractères d'une bonne représentation sont ce qu'il y a de plus essentiel pour former une bonne législature. Est-ce dans les vrais principes qu'a été puisée l'idée de séparer le pouvoir législatif en trois parties, dont une seule est censée parler au nom de la nation. Si les seigneurs et le roi ne sont pas des représentants de la nation, ils ne sont rien dans le pouvoir législatif, car la nation seule peut vouloir pour elle-même, et, par conséquent, se créer des lois. Tout ce qui entre dans le corps législatif n'est compétent à voter pour les peuples qu'autant qu'il est chargé de leur procuration. Mais où est la procuration, lorsqu'il n'y a pas élection libre et générale ? Je ne nie pas que la constitution anglaise ne soit un ouvrage étonnant pour le temps où elle a été fixée. Cependant, et quoiqu'on soit tout prêt à se moquer d'un français qui ne se prosterne pas devant elle, j'oserai dire qu'au lieu d'y voir la simplicité du bon ordre, je n'y aperçois qu'un échafaudage prodigieux de précautions contre le désordre. Et comme tout est lié dans les institutions politiques, comme il n'est point d'effet qui ne soit l'origine, à son tour, d'une suite d'effets et de causes que l'on prolonge suivant qu'on est capable de plus d'attention, il n'est point extraordinaire que les fortes têtes y aperçoivent beaucoup de profondeur.

Au reste, il est dans le cours ordinaire des choses que les machines les plus compliquées précèdent les véritables progrès de l'art social comme de tous les autres arts; son triomphe sera, pareillement, de produire les plus grands effets par les moyens les plus simples. On aurait tort de décider en faveur de la constitution britannique, précisément parce qu'elle se soutient depuis cent ans et qu'elle paraît devoir durer pendant des siècles. En fait d'institutions humaines, quelle est celle qui ne subsiste pas très longtemps, quelque mauvaise qu'elle soit ? Le despotisme ne dure-t-il pas aussi, ne semble-t-il pas éternel dans la plus grande partie du monde ? Une meilleure preuve est d'en appeler aux effets. En comparant sous ce point de vue le peuple anglais avec leurs voisins du continent, il est difficile de ne pas croire qu'ils possèdent quelque chose de mieux. En effet, ils ont une constitution, tout incomplète qu'elle peut être, et nous n'avons rien. La différence est grande. Il n'est pas étonnant qu'on s'en aperçoive aux effets.

Mais il y a sûrement de l'erreur à attribuer au seul pouvoir de la constitution tout ce qu'il y a de bien en Angleterre. Il y a évidemment telle loi qui vaut mieux que la constitution elle-même. Je veux parler du jugement par jurés, le véritable garant de la liberté individuelle en Angleterre, et dans tous les pays du monde où l'on aspirera à être libre. Cette méthode de rendre la justice est la seule qui mette à l'abri des abus du pouvoir judiciaire, si fréquents et si redoutables, partout où on n'est pas jugé par ses pairs. Avec elle, il ne s'agit plus pour être libre que de n'avoir plus rien à craindre des ordres illégaux qui pourraient émaner du pouvoir ministériel; il faut pour cela, ou une bonne constitution, l'Angleterre ne l'a point, ou des circonstances telles que le chef du pouvoir exécutif ne puisse pas soutenir, à force ouverte, ses volontés arbitraires. On voit bien que la nation anglaise est la seule à qui il soit permis de n'avoir pas une armée de terre redoutable pour la nation. C'est donc la seule qui puisse être libre sans une bonne constitution. Cette pensée devrait suffire pour nous dégoûter de la manie d'imiter nos voisins et pour nous engager à consulter plutôt nos besoins et nos relations.

Elle n'est pas bonne cette constitution que nous ne cessons d'envier parce qu'elle est anglaise; mais parce qu'à des défauts trop réels, elle joint des avantages précieux. Si vous tentez de la naturaliser parmi vous, il n'est pas douteux que vous n'en obteniez facilement les défauts, parce qu'ils seront utiles au seul pouvoir de qui vous auriez à craindre quelque obstacle. En aurez-vous les avantages ? Cette question est plus problématique, parce que vous rencontrerez alors un pouvoir intéressé à vous empêcher d'accomplir vos désirs. Enfin, pourquoi envions-nous la constitution anglaise ? Parce qu'apparemment elle se rapproche des bons principes de l'état social. Il est, pour juger les progrès en tout genre, un modèle du beau et du bon. On ne peut pas dire que ce modèle dans l'art social nous soit moins connu aujourd'hui qu'il ne l'était aux anglais en 1688. Or, si nous avons le vrai type du bon, pourquoi nous en tenir à imiter une copie ? élevons-nous tout d'un coup à l'ambition de vouloir nous-mêmes servir d'exemple aux nations. Aucun peuple, dit-on, n'a mieux fait que les anglais. Et quand cela serait, les produits de l'art politique ne doivent-ils être à la fin du XVIIIe siècle que ce qu'ils ont pu être dans le XVIIe ? Les anglais n'ont pas été au-dessous des lumières de leur temps: ne restons pas au-dessous des lumières du nôtre. C'est ainsi qu'on imite quand on veut se montrer digne de marcher sur les traces des bons modèles. Surtout, ne nous décourageons pas de ne rien voir dans l'histoire qui puisse nous convenir. La véritable science de l'état de société ne date pas de loin. Les hommes ont construit longtemps des chaumières avant d'être en état d'élever des palais. Il y a de bonnes raisons pour que l'architecture sociale ait été plus lente dans ses progrès que cette multitude d'arts qui s'associent parfaitement avec le despotisme.

"En morale, rien ne peut remplacer le moyen simple et naturel. Mais plus l'homme a perdu de temps à d'inutiles essais, plus il redoute l'idée de recommencer, comme s'il ne valait pas toujours mieux recommencer encore une fois et finir, que de rester à la merci des événements et des ressources factices, avec lesquelles on recommencera sans cesse sans être jamais plus avancé."

Dans toute nation libre, et toute nation doit être libre, il n'y a qu'une manière de terminer les différends qui s'élèvent touchant la constitution. Ce n'est pas à des notables qu'il faut avoir recours, c'est à la nation elle-même. Si nous manquons de constitution, il faut en faire une; la nation seule en a le droit. Si nous avons une constitution, comme quelques-uns s'obstinent à le soutenir, et que par elle l'assemblée nationale soit divisée, ainsi qu'ils le prétendent, en trois députations de trois ordres de citoyens, on ne peut pas, du moins, s'empêcher de voir qu'il y a de la part d'un de ces ordres une réclamation si forte qu'il est impossible de faire un pas de plus sans la juger. Or, à qui appartient-il de décider de pareilles contestations ? On sent bien qu'une question de cette nature ne peut paraître indifférente qu'à ceux qui, comptant pour peu en matière sociale les moyens justes et naturels, n'estiment que ces ressources factices, plus ou moins iniques, plus ou moins compliquées, qui font partout la réputation de ce qu'on appelle les hommes d'état, les grands politiques. Pour nous, nous ne sortirons point de la morale; elle doit régler tous les rapports qui lient les hommes entre eux à leur intérêt particulier et à leur intérêt commun ou social. C'est à elle à nous dire ce qu'on aurait dû faire, et, après tout, il n'y a qu'elle qui puisse le dire. Il en faut toujours revenir aux principes simples, comme plus puissants que tous les efforts du génie.

Jamais on ne comprendra le mécanisme social, si l'on ne prend pas le parti d'analyser une société comme une machine ordinaire, d'en considérer séparément chaque partie, et de les rejoindre ensuite, en esprit, toutes l'une après l'autre, afin d'en saisir les accords et d'entendre l'harmonie générale qui en doit résulter. Nous n'avons pas besoin, ici, d'entrer dans un travail aussi étendu. Mais puisqu'il faut toujours être clair et qu'on ne l'est point en discourant sans principes, nous prierons au moins le lecteur de considérer dans la formation des sociétés politiques trois époques dont la distinction préparera à des éclaircissements nécessaires.

Dans la première, on conçoit un nombre plus ou moins considérable d'individus isolés qui veulent se réunir. Par ce seul fait, ils forment déjà une nation; ils en ont tous les droits; il ne s'agit plus que de les exercer. Cette première époque est caractérisée par le jeu des volontés individuelles. L'association est leur ouvrage. Elles sont l'origine de tout pouvoir.

La seconde époque est caractérisée par l'action de la volonté commune. Les associés veulent donner de la consistance à leur union; ils veulent en remplir le but. Ils confèrent donc, et ils conviennent entre eux des besoins publics et des moyens d'y pourvoir. On voit qu'ici le pouvoir appartient au public. Des volontés individuelles en sont bien toujours l'origine et en forment les éléments essentiels; mais considérées séparément, leur pouvoir serait nul. Il ne réside que dans l'ensemble. Il faut à la communauté une volonté commune; sans l'unité de volonté, elle ne parviendrait point à faire un tout voulant et agissant. Certainement aussi, ce tout n'a aucun droit qui n'appartienne à la volonté commune. Mais franchissons les intervalles de temps. Les associés sont trop nombreux et répandus sur une surface trop étendue pour exercer facilement eux-mêmes leur volonté commune. Que font-ils ? Ils en détachent tout ce qui est nécessaire pour veiller et pourvoir aux soins publics, et cette portion de volonté nationale, et par conséquent de pouvoir, ils en confient l'exercice à quelques-uns d'entre eux. Telle est l'origine d'un gouvernement exercé par procuration. Remarquons sur cela plusieurs vérités. 1° la communauté ne se dépouille point du droit de vouloir. C'est sa propriété inaliénable. Elle ne peut qu'en commettre l'exercice. Ce principe est développé ailleurs. 2° le corps des délégués ne peut pas même avoir la plénitude de cet exercice. La communauté n'a pu lui confier de son pouvoir total que cette portion qui est nécessaire pour maintenir le bon ordre. On ne donne point du superflu en ce genre. 3° il n'appartient donc pas au corps des délégués de déranger les limites du pouvoir qui lui a été confié. On conçoit que cette faculté serait contradictoire à elle-même.

Je distingue la troisième époque de la seconde, en ce que ce n'est plus la volonté commune réelle qui agit, c'est une volonté commune représentative. Deux caractères ineffaçables lui appartiennent; il faut le répéter. 1° cette volonté n'est pas pleine et illimitée dans le corps des représentants, ce n'est qu'une portion de la grande volonté commune nationale. 2° les délégués ne l'exercent point comme un droit propre, c'est le droit d'autrui; la volonté commune n'est là qu'en commission.

Actuellement, je laisse une foule de réflexions auxquelles cet exposé nous conduirait assez naturellement, et je marche à mon but. Il s'agit de savoir ce qu'on doit entendre par la constitution politique d'une société, et de remarquer ses justes rapports avec la nation elle-même. Il est impossible de créer un corps pour une fin, sans lui donner une organisation, des formes et des lois propres à lui faire remplir les fonctions auxquelles on a voulu le destiner. C'est ce qu'on appelle la constitution de ce corps. Il est évident qu'il ne peut pas exister sans elle. Il l'est donc aussi, que tout gouvernement commis doit avoir sa constitution; et ce qui est vrai du gouvernement en général l'est aussi de toutes les parties qui le composent.

Ainsi le corps des représentants, à qui est confié le pouvoir législatif ou l'exercice de la volonté commune, n'existe qu'avec la manière d'être que la nation a voulu lui donner. Il n'est rien sans ses formes constitutives; il n'agit, il ne se dirige, il ne se commande que par elles. à cette nécessité d'organiser le corps du gouvernement, si on veut qu'il existe ou qu'il agisse, il faut ajouter l'intérêt qu'a la nation à ce que le pouvoir public délégué ne puisse jamais devenir nuisible à ses commettants. De là, une multitude de précautions politiques qu'on a mêlées à la constitution, et qui sont autant de règles essentielles au gouvernement, sans lesquelles l'exercice du pouvoir deviendrait illégal. On sent donc la double nécessité de soumettre le gouvernement à des formes certaines, soit intérieures, soit extérieures, qui garantissent son aptitude à la fin pour laquelle il est établi et son impuissance à s'en écarter.

Mais qu'on nous dise d'après quelles vues, d'après quel intérêt on aurait pu donner une constitution à la nation elle-même. La nation existe avant tout, elle est l'origine de tout. Sa volonté est toujours légale, elle est la loi elle-même. Avant elle et au-dessus d'elle il n'y a que le droit naturel. Si nous voulons nous former une idée juste de la suite des lois positives qui ne peuvent émaner que de sa volonté, nous voyons en première ligne les lois constitutionnelles, qui se divisent en deux parties: les unes règlent l'organisation et les fonctions du corps législatif: les autres déterminent l'organisation et les fonctions des différents corps actifs. Ces lois sont dites fondamentales, non pas en ce sens qu'elles puissent devenir indépendantes de la volonté nationale, mais parce que les corps qui existent et agissent par elles ne peuvent point y toucher. Dans chaque partie, la constitution n'est pas l'ouvrage du pouvoir constitué, mais du pouvoir constituant. Aucune sorte de pouvoir délégué ne peut rien changer aux conditions de sa délégation. C'est en ce sens que les lois constitutionnelles sont fondamentales. Les premières, celles qui établissent la législature, sont fondées par la volonté nationale avant toute constitution; elles en forment le premier degré. Les secondes doivent être établies par une volonté représentative spéciale. Ainsi toutes les parties du gouvernement se répondent et dépendent en dernière analyse de la nation. Nous n'offrons ici qu'une idée fugitive, mais elle est exacte.

On conçoit facilement ensuite comment les lois proprement dites, celles qui protègent les citoyens et décident de l'intérêt commun, sont l'ouvrage du corps législatif formé et se mouvant d'après ses conditions constitutives. Quoique nous ne présentions ces dernières lois qu'en seconde ligne, elles sont néanmoins les plus importantes, elles sont la fin dont les lois constitutionnelles ne sont que les moyens. On peut les diviser en deux parties; les lois immédiates ou protectrices, et les lois médiates ou directrices. Ce n'est pas ici le lieu de donner plus de développement à cette analyse.

Nous avons vu naître la constitution dans la seconde époque. Il est clair qu'elle n'est relative qu'au gouvernement. Il serait ridicule de supposer la nation liée elle-même par les formalités ou par la constitution auxquelles elle a assujetti ses mandataires. S'il lui avait fallu attendre, pour devenir une nation, une manière d'être positive, elle n'aurait jamais été. La nation se forme par le seul droit naturel. Le gouvernement, au contraire, ne peut appartenir qu'au droit positif.. La nation est tout ce qu'elle peut être, par cela seul qu'elle est. Il ne dépend point de sa volonté de s'attribuer plus de droits qu'elle n'en a. à sa première époque, elle a tous ceux d'une nation. à la seconde époque, elle les exerce; à la troisième elle en fait exercer par ses représentants tout ce qui est nécessaire pour la conservation et le bon ordre de la communauté. Si l'on sort de cette suite d'idées simples, on ne peut que tomber d'absurdités en absurdités. Le gouvernement n'exerce un pouvoir réel qu'autant qu'il est constitutionnel; il n'est légal qu'autant qu'il est fidèle aux lois qui lui ont et imposées. La volonté nationale, au contraire, n'a besoin que de sa réalité pour être toujours légale, elle est l'origine de toute légalité. Non seulement la nation n'est pas soumise à une constitution, mais elle ne peut pas l'être, mais elle ne doit pas l'être, ce qui équivaut encore à dire qu'elle ne l'est pas.

Elle ne peut pas l'être. De qui, en effet, aurait-elle pu recevoir une forme positive ? Est-il une autorité antérieure qui ait pu dire à une multitude d'individus: " je vous réunis sous telles lois; vous formerez une nation aux conditions que je vous prescris ? "nous ne parlons pas ici brigandage ni domination, mais association légitime, c'est-à-dire volontaire et libre. Dira-t-on qu'une nation peut, par un premier acte de sa volonté, à la vérité indépendant de toute forme, s'engager à ne plus vouloir à l'avenir que d'une manière déterminée ? D'abord, une nation ne peut ni aliéner, ni s'interdire le droit de vouloir; et quelle que soit sa volonté, elle ne peut pas perdre le droit de la changer dès que son intérêt l'exige. En second lieu, envers qui cette nation se serait-elle engagée ? Je conçois comment elle peut obliger ses membres, ses mandataires, et tout ce qui lui appartient; mais peut-elle, en aucun sens, s'imposer des devoirs envers elle-même ? Qu'est-ce qu'un contrat avec soi-même ? Les deux termes étant la même volonté, elle peut toujours se dégager du prétendu engagement.

Quand elle le pourrait, une nation ne doit pas se mettre dans les entraves d'une forme positive. Ce serait s'exposer à perdre sa liberté sans retour, car il ne faudrait qu'un moment de succès à la tyrannie, pour dévouer les peuples, sous prétexte de constitution, à une forme telle, qu'il ne leur serait plus possible d'exprimer leur volonté, et par conséquent de secouer les chaînes du despotisme. On doit concevoir les nations sur la terre comme des individus hors du lien social, ou, comme l'on dit, dans l'état de nature. L'exercice de leur volonté est libre et indépendant de toutes formes civiles. N'existant que dans l'ordre naturel, leur volonté, pour sortir tout son effet, n'a besoin que de porter les caractères naturels d'une volonté. De quelque manière qu'une nation veuille, il suffit qu'elle veuille; toutes les formes sont bonnes, et sa volonté est toujours la loi suprême. Puisque, pour imaginer une société légitime, nous avons supposé aux volontés individuelles, purement naturelles, la puissance morale de former l'association, comment refuserions-nous de reconnaître une force semblable dans une volonté commune, également naturelle ?

Une nation ne sort jamais de l'état de nature, et au milieu de tant de périls, elle n'a jamais trop de toutes les manières possibles d'exprimer sa volonté. Répétons-le: une nation est indépendante de toute forme; et de quelque manière qu'elle veuille, il suffit que sa volonté paraisse, pour que tout droit positif cesse devant elle, comme devant la source et le maître suprême de tout droit positif. Mais il est une preuve encore plus pressante de la vérité de nos principes. Une nation ne doit ni ne peut s'astreindre à des formes constitutionnelles, car au premier différend qui s'élèverait entre les parties de cette constitution, que deviendrait la nation ainsi disposée à ne pouvoir agir que suivant la constitution disputée ? Faisons attention combien il est essentiel, dans l'ordre civil, que les citoyens trouvent dans une partie du pouvoir actif une autorité prompte à terminer leurs procès. De même, les diverses branches du pouvoir actif doivent pouvoir invoquer la décision de la législature dans toutes les difficultés qu'elles rencontrent. Mais si votre législature elle-même, si les différentes parties de cette première constitution ne s'accordent pas entre elles, qui sera le juge suprême ? Car il en faut toujours un, ou bien l'anarchie succède à l'ordre.

Comment imagine-t-on qu'un corps constitué puisse décider de sa constitution ? Une ou plusieurs parties intégrantes d'un corps moral ne sont rien séparément. Le pouvoir n'appartient qu'à l'ensemble. Dès qu'une partie réclame, l'ensemble n'est plus; or s'il n'existe pas, comment pourrait-il juger ? Ainsi donc, on doit sentir qu'il n'y aurait plus de constitution dans un pays, au moindre embarras qui surviendrait entre ses parties, si la nation n'existait indépendante de toute règle et de toute forme constitutionnelle. à l'aide de ces éclaircissements, nous pouvons répondre à la question que nous nous sommes faite. Il est constant que les parties de ce que vous croyez être la constitution française ne sont pas d'accord entre elles. à qui donc appartient-il de décider ? à la nation, indépendante, comme elle l'est nécessairement, de toute forme positive. Quand même la nation aurait ces états généraux réguliers, ce ne serait pas à ce corps constitué à prononcer sur un différend qui touche à sa constitution. Il y aurait à cela une pétition de principes, un cercle vicieux.

Les représentants ordinaires d'un peuple sont chargés d'exercer, dans les formes constitutionnelles, toute cette portion de la volonté commune, qui est nécessaire pour le maintien d'une bonne administration. Leur pouvoir est borné aux affaires du gouvernement.

Des représentants extraordinaires auront tel nouveau pouvoir qu'il plaira à la nation de leur donner. Puisqu'une grande nation ne peut s'assembler elle-même en réalité toutes les fois que des circonstances hors de l'ordre commun pourraient l'exiger, il faut qu'elle confie à des représentants extraordinaires les pouvoirs nécessaires dans ces occasions. Si elle pouvait se réunir devant vous et exprimer sa volonté, oseriez-vous la lui disputer, parce qu'elle ne l'exerce pas dans une forme plutôt que dans une autre ? Ici, la réalité est tout, la forme n'es rien.

Un corps de représentants extraordinaires supplée à l'assemblée de cette nation. Il n'a pas besoin, sans doute, d'être chargé de la plénitude de la volonté nationale; il ne lui faut qu'un pouvoir spécial, et dans des cas rares; mais il remplace la nation dans son indépendance de toutes formes constitutionnelles. Il n'est pas nécessaire ici de prendre tant de précautions pour empêcher l'abus de pouvoir; ces représentants ne sont députés que pour une seule affaire, et pour un temps seulement. Je dis qu'ils ne sont point astreints aux formes constitutionnelles sur lesquelles ils ont à décider. 1° cela serait contradictoire; car ces formes sont indécises, c'est à eux à les régler. 2° ils n'ont rien à dire dans le genre d'affaires pour lequel on avait fixé les formes positives. 3° ils sont mis à la place de la nation elle-même ayant à régler la constitution. Ils en sont indépendants comme elle. Il leur suffit de vouloir comme veulent des individus dans l'état de nature. De quelque manière qu'ils soient députés, qu'ils s'assemblent et qu'ils délibèrent, pourvu qu'on ne puisse pas ignorer (et comment la nation, qui les commet, l'ignorerait-elle ?) qu'ils agissent en vertu d'une commission extraordinaire des peuples, leur volonté commune vaudra celle de la nation elle même.

Je ne veux pas dire qu'une nation ne puisse donner à ses représentants ordinaires la nouvelle commission dont il s'agit ici. Les mêmes personnes peuvent sans doute concourir à former différents corps. Mais toujours est-il vrai qu'une représentation extraordinaire ne ressemble point à la législature ordinaire. Ce sont des pouvoirs distincts. Celle-ci ne peut se mouvoir que dans les formes et aux conditions qui lui sont imposées. L'autre n'est soumise à aucune forme en particulier: elle s'assemble et délibère, comme ferait la nation elle-même, si, n'étant composée que d'un petit nombre d'individus, elle voulait donner une constitution à son gouvernement. Ce ne sont point, ici, des distinctions inutiles. Tous les principes que nous venons de citer sont essentiels à l'ordre social; il ne serait pas complet, s'il pouvait se rencontrer un seul cas sur lequel il ne pût indiquer des règles de conduite capables de pourvoir à tout.

Il est temps de revenir au titre de ce chapitre. Qu'aurait-on dû faire au milieu de l'embarras et des disputes sur les prochains états généraux ? Appeler des notables ? Non. Laisser languir la nation et les affaires ? Non. Manoeuvrer auprès des parties intéressées pour les engager à céder chacune de leur côté ? Non. Il fallait recourir au grand moyen d'une représentation extraordinaire. C'est la nation qu'il fallait consulter. Répondons à deux questions qui se présentent encore. Où prendre la nation ? à qui appartient-il de l'interroger ? 1° où prendre la nation ? Où elle est; dans les quarante mille paroisses qui embrassent tout le territoire, tous les habitants, et tous les tributaires de la chose publique; c'est là sans doute la nation. On aurait indiqué une division territoriale pour faciliter le moyen de se former en arrondissement de vingt à trente paroisses, par des premiers députés. Sur un plan semblable, les arrondissements auraient formé des provinces, et celles-ci auraient envoyé à la métropole de vrais représentants extraordinaires avec pouvoir spécial de décider de la constitution des états généraux.

Direz-vous que ce moyen eût entraîné trop de lenteurs ? Pas plus en vérité que cette suite d'expédients qui n'ont abouti qu'à embrouiller les affaires. D'ailleurs, il s'agissait de prendre les vrais moyens d'aller à son but, et non de négocier avec le temps. Si on avait voulu ou su rendre hommage aux bons principes, on aurait plus fait pour la nation en quatre mois que le cours des lumières et de l'opinion publique, que je suppose pourtant très puissant, ne pourra faire dans un demi siècle. Mais, direz-vous, si la pluralité des citoyens avait nommé les représentants extraordinaires, que serait devenue la distinction des trois ordres ? Que deviendraient les privilèges ? Ce qu'ils doivent être. Les principes que je viens d'exposer sont certains. Il faut renoncer à tout ordre social, ou les reconnaître. La nation est toujours maîtresse de réformer sa constitution. Surtout, elle ne peut pas se dispenser de s'en donner une certaine, quand elle est contestée. Tout le monde en convient aujourd'hui; et ne voyez-vous pas qu'il lui serait impossible d'y toucher, si elle-même n'était que partie dans la querelle ? Un corps soumis à des formes constitutives ne peut rien décider que d'après sa constitution. Il ne peut pas s'en donner une autre. Il cesse d'exister dès le moment qu'il se meut, qu'il parle, qu'il agit autrement que dans les formes qui lui ont été imposées. Les états généraux, fussent-ils assemblés, sont donc incompétents à rien décider sur la constitution. Ce droit n'appartient qu'à la nation seule, indépendante, nous ne cessons de le répéter, de toutes formes et de toutes conditions.

Les privilégiés, comme l'on voit, ont de bonnes raisons pour confondre les idées et les principes en cette matière. Ils soutiendront aujourd'hui avec intrépidité le contraire de ce qu'ils avançaient il y a six mois. Alors, il n'y avait qu'un cri en France: nous n'avions point de constitution et nous demandions à en former une. Aujourd'hui, non seulement nous avons une constitution, mais si l'on en croit les privilégiés, elle renferme deux dispositions excellentes et inattaquables. La première, c'est la division par ordres de citoyens; la seconde, c'est l'égalité d'influence, pour chaque ordre, dans la formation de la volonté nationale. Nous avons bien assez prouvé déjà qu'alors même que toutes ces choses formeraient notre constitution, la nation serait toujours maîtresse de les changer. Il reste à examiner plus particulièrement la nature de cette égalité d'influence, que l'on voudrait attribuer à chaque ordre sur la volonté nationale. Nous allons voir que cette idée est la plus absurde possible, et qu'il n'y a pas de nation qui puisse rien mettre de pareil dans sa constitution.

Une société politique ne peut être que l'ensemble des associés. Une nation ne peut pas décider qu'elle ne sera pas la nation, ou qu'elle ne le sera que d'une manière: car ce serait dire qu'elle ne l'est point de toute autre. De même une nation ne peut statuer que sa volonté commune cessera d'être sa volonté commune. Il est malheureux d'avoir à énoncer de ces propositions dont la simplicité paraîtrait niaise, si l'on ne songeait aux conséquences qu'on veut en tirer. Donc une nation n'a jamais pu statuer que les droits inhérents à la volonté commune, c'est-à-dire, à la pluralité, passeraient à la minorité. La volonté commune ne peut pas se détruire elle-même. Elle ne peut pas changer la nature des choses, et faire que l'avis de la minorité soit l'avis de la pluralité. On voit bien qu'un pareil statut, au lieu d'être un acte légal ou moral, serait un acte de démence. Si donc on prétend qu'il appartient à la constitution française que deux à trois cent mille individus fassent, sur un nombre de vingt-six millions de citoyens, les deux tiers de la volonté commune, que répondre, si ce n'est qu'on soutient que deux et deux font cinq ? Les volontés individuelles sont les seuls éléments de la volonté commune. On ne peut ni priver le plus grand nombre du droit d'y concourir, ni arrêter que dix volontés n'en vaudront qu'une, contre dix autres qui en vaudront trente. Ce sont là des contradictions dans les termes, de véritables absurdités. Si l'on abandonne, un seul instant, ce principe de première évidence, que la volonté commune est l'avis de la pluralité et non celui de la minorité, il est inutile de parler raison. Au même titre, on peut décider que la volonté d'un seul sera dite la pluralité, et il n'est besoin ni d'états généraux, ni de volonté nationale, etc., car si une volonté peut en valoir dix, pourquoi n'en vaudrait-elle pas cent, un million, vingt-six millions ?

Aurions-nous besoin d'appuyer davantage sur la conséquence naturelle de ces principes ? Il est constant que, dans la représentation nationale ordinaire et extraordinaire, l'influence ne peut être qu'en raison du nombre des têtes qui ont droit à se faire représenter. Le corps représentant est toujours, pour ce qu'il a à faire, à la place de la nation elle-même. Son influence doit conserver la même nature, les mêmes proportions et les mêmes règles. Concluons qu'il y a un accord parfait entre tous les principes, pour décider 1° qu'une représentation extraordinaire peut seule toucher à la constitution ou nous en donner une, etc.; 2° que cette représentation constituante doit se former sans égard à la distinction des ordres. 3° à qui appartient-il d'interroger la nation ? Si nous avions une constitution législative, chacune de ses parties en aurait le droit, par la raison que le recours aux juges est toujours ouvert aux plaideurs, ou plutôt parce que les interprètes d'une volonté sont obligés de consulter leurs commettants, soit pour faire expliquer leur procuration, soit pour leur donner avis des circonstances qui exigeraient de nouveaux pouvoirs. Mais il y a près de deux siècles que nous sommes sans représentants, en supposant qu'il y en eût alors. Puisque nous n'en avons point, qui les remplacera auprès de la nation ?

Qui préviendra les peuples du besoin d'envoyer des représentants extraordinaires ? La réponse à cette question ne peut embarrasser que ceux qui attachent au mot de convocation le fatras des idées anglaises. Il ne s'agit pas, ici, de prérogative royale, mais du sens simple et naturel d'une convocation. Ce terme embrasse avis à donner du besoin national, et indication d'un rendez-vous commun. Or, quand le salut de la patrie presse tous les citoyens, perdra-t-on le temps à s'enquérir de celui qui a le droit de convoquer ? Il faudrait plutôt demander: qui n'en a pas le droit ? C'est le devoir sacré de tous ceux qui y peuvent quelque chose. à plus forte raison, le pouvoir exécutif le peut-il, lui qui est bien plus en mesure que les simples particuliers de prévenir la généralité des citoyens, d'indiquer le lieu de l'assemblée et d'écarter tous les obstacles que l'intérêt de corps pourrait y opposer. Certainement le prince, en sa qualité de premier citoyen, est plus intéressé qu'aucun autre à convoquer les peuples. S'il est incompétent à décider sur la constitution, on ne peut pas dire qu'il le soit à provoquer cette décision.

Ainsi, point de difficulté sur la question: qu'est-ce qu'on aurait dû faire ? On aurait dû convoquer la nation, pour qu'elle députât, à la métropole, des représentants extraordinaires avec une procuration spéciale pour régler la constitution de l'assemblée nationale ordinaire. Je n'aurais pas voulu que ces représentants eussent eu en outre des pouvoirs pour se former ensuite en assemblée ordinaire, conformément à la constitution qu'ils auraient fixée eux-mêmes, sous une autre qualité. J'aurais craint qu'au lieu de travailler uniquement pour l'intérêt national, ils n'eussent trop fait attention à l'intérêt du corps qu'ils allaient former. En politique, c'est le mélange, c'est la confusion des pouvoirs qui rendra constamment impossible l'établissement de l'ordre social sur la terre; comme aussi dès qu'on voudra séparer ce qui doit être distinct, on parviendra à résoudre le grand problème d'une société humaine, disposée pour l'avantage général de ceux qui la composent. On pourra me demander pourquoi je me suis étendu si longuement sur ce qu'on aurait dû faire. Le passé est passé, dira-t-on. Je réponds premièrement que la connaissance de ce qu'on aurait dû faire peut mener à la connaissance de ce qu'on fera. En second lieu, il est toujours bon de présenter les vrais principes, surtout dans une matière si neuve pour la plupart des esprits. Enfin, les vérités de ce chapitre peuvent servir à mieux expliquer celles du chapitre suivant.

Le temps n'est plus, où les trois ordres, ne songeant qu'à se défendre du despotisme ministériel, étaient prêts à se réunir contre l'ennemi commun. Quoiqu'il soit impossible à la nation de tirer un parti utile de la circonstance présente, de faire un seul pas vers l'ordre social, sans que le tiers état en recueille aussi les fruits; cependant la fierté des deux premiers ordres s'est irritée en voyant les grandes municipalités du royaume réclamer la moindre partie des droits politiques qui appartiennent au peuple. Que voulaient-ils donc, ces privilégiés si ardents à défendre leur superflu, si prompts à empêcher le tiers état d'obtenir, en ce genre, le plus strict nécessaire ? Entendaient-ils que la régénération dont on se flatte ne serait que pour eux ? Et voulaient-ils ne se servir du peuple, toujours malheureux, que comme d'un instrument aveugle pour étendre et consacrer leur aristocratie ? Que diront les générations futures, en apprenant l'espèce de fureur avec laquelle le second ordre de l'état et le premier ordre du clergé ont poursuivi toutes les demandes des villes ? Pourront-elles croire aux ligues secrètes et publiques, aux feintes alarmes et à la perfidie des manoeuvres dont on a enveloppé les défenseurs du peuple ? Rien ne sera oublié dans les fidèles récits que les écrivains patriotes préparent à la postérité. On fera connaître la noble conduite des magnats de France, dans une circonstance si propre, pourtant, à inspirer quelques sentiments de patriotisme aux hommes même les plus absorbés dans leur égoïsme. Comment des princes de la maison régnante ont-ils pu se déterminer à prendre parti dans une querelle entre les ordres de l'état ? Comment ont-ils laissé de méprisables rédacteurs vomir les calomnies atroces autant que ridicules, qui remplissent l'incroyable mémoire publié sous leur nom ?

On se plaint de la violence de quelques écrivains du tiers état. Qu'est-ce que la manière de penser d'un individu isolé ? Rien. Les véritables démarches du tiers état, celles qui sont authentiques, se bornent aux pétitions des municipalités et d'une partie des pays d'état, qu'on les compare à la démarche également authentique des princes contre le peuple, qui se gardait bien de les attaquer, quelle modestie, quelle mesure dans les premières ! Quelle violence, quelle profonde iniquité dans la seconde !

Inutilement, le tiers état attendait-il du concours de toutes les classes, la restitution de ses droits politiques et la plénitude de ses droits civils; la peur de voir réformer les abus inspire aux deux premiers ordres plus d'alarmes qu'ils ne sentent de désirs pour la liberté. Entre elle et quelques privilèges odieux, ils ont fait choix de ceux-ci. Leur âme s'est identifiée avec les faveurs de la servitude. Ils redoutent aujourd'hui ces états généraux qu'ils invoquaient naguère avec tant d'ardeur. Tout est bien pour eux; ils ne se plaignent plus que de l'esprit d'innovation; ils ne manquent plus de rien; la crainte leur a donné une constitution. Le tiers état doit s'apercevoir, au mouvement des esprits et des affaires, qu'il ne peut rien espérer que de ses lumières et de son courage. La raison et la justice sont pour lui; il faut au moins qu'il s'en assure toute la force. Non, il n'est plus temps de travailler à la conciliation des partis. Quel accord peut-on espérer entre l'énergie de l'opprimé et la rage des oppresseurs ?

Ils ont osé prononcer le mot scission. Ils ont menacé le roi et le peuple. Eh ! Grand dieu ! Qu'il serait heureux pour la nation qu'elle fût faite à jamais, cette scission si désirable ! Combien il serait aisé de se passer des privilégiés ! Combien il sera difficile de les amener à être citoyens !

Il est des questions que ne devraient jamais agiter ceux qui craignent la justice; à coup sûr, elles servent à éclairer le public, et il faut que les lumières mènent à l'équité, de gré ou de force. D'ailleurs, il ne s'agit plus pour le tiers état d'être mieux ou de rester comme il était. La circonstance ne permet point ce calcul; il faut avancer ou reculer, il faut abolir ou reconnaître et légaliser des privilèges iniques et insociaux. Or, on doit sentir combien serait insensé le projet de consacrer, à la fin du dix-huitième siècle, les abominables restes de la féodalité. Ici, la langue a survécu à la chose. Les nobles se plaisent à prononcer les mots de roturiers, de manants, de vilains. Ils oublient que ces expressions, quelque sens qu'on veuille leur donner, sont ou étrangères aujourd'hui au tiers état, ou communes aux trois ordres; ils oublient encore que, lorsqu'elles étaient exactes, les quatre vingt-dix-neuf centièmes d'entre eux étaient incontestablement des roturiers, des manants et des vilains.

On fermerait en vain les yeux sur la révolution que le temps et la force des choses ont opérée; elle n'en est pas moins réelle. Autrefois, le tiers était serf, l'ordre noble était tout. Aujourd'hui le tiers est tout, la noblesse est un mot. Mais sous ce mot s'est glissée une nouvelle et intolérable aristocratie; et le peuple a toute raison de ne point vouloir d'aristocrates.

Dans une pareille position, que reste-t-il à faire au tiers s'il veut se mettre en possession de ses droits politiques d'une manière utile à la nation ? Il se présente deux moyens pour y parvenir. En suivant le premier, le tiers doit s'assembler à part: il ne concourra point avec la noblesse et le clergé, il ne restera avec eux ni par ordre ni par têtes. Je prie qu'on fasse attention à la différence énorme qu'il y a entre l'assemblée du tiers état et celle des deux autres ordres. La première représente vingt-cinq millions d'hommes et délibère sur les intérêts de la nation. Les deux autres, dussent-elles se réunir, n'ont de pouvoirs que d'environ deux cent mille individus et ne songent qu'à leurs privilèges. Le tiers seul, dira-t-on, ne peut pas former les états généraux. Eh ! Tant mieux ! Il composera une assemblée nationale.

Un conseil de cette importance a besoin d'être justifié par tout ce que les bons principes offrent de plus clair et de plus certain. Je dis que les députés du clergé et la noblesse n'ont rien de commun avec la représentation nationale, que nulle alliance n'est possible entre les trois ordres aux états généraux, et que, ne pouvant point voter en commun, ils ne le peuvent ni par ordre, ni par têtes. Nous avons promis, en finissant le troisième chapitre, de prouver ici cette vérité. Au reste, elle n'offrira peut-être rien qui ne soit connu: les bons esprits l'ont déjà répandue dans le public.

Il n'est, dit une maxime du droit universel, pas de plus grand défaut que le défaut de pouvoir. On le sait, la noblesse n'est pas députée par le clergé et le tiers. Le clergé n'est point chargé de la procuration des nobles et des communes. Il suit de là que chaque ordre est une nation distincte, qui n'est pas plus compétente à s'immiscer dans les affaires des autres ordres, que les états généraux de Hollande ou le conseil de Venise, par exemple, ne sont habiles à voter dans les délibérations du parlement d'Angleterre. Un procureur fondé ne peut lier que ses commettants, un représentant n'a droit de porter la parole que pour ses représentés. Si l'on méconnaît cette vérité, il faut anéantir tous les principes.

On doit voir, d'après cela, qu'il est, en bonne règle, parfaitement inutile de chercher le rapport ou la proportion suivant laquelle chaque ordre doit concourir à former la volonté générale. Cette volonté ne peut pas être une tant que vous laisserez trois ordres et trois représentations. Tout au plus, ces trois assemblées pourront se réunir dans le même voeu, comme trois nations alliées peuvent former le même désir. Mais vous n'en ferez jamais une nation, une représentation et une volonté commune. Je sens que ces vérités, toutes certaines qu'elles sont, deviennent embarrassantes dans un état qui ne s'est pas formé sous les auspices de la raison et de l'équité politique. Que voulez-vous ? Votre maison ne se soutient que par artifice, à l'aide d'une forêt d'étais informes placés sans goût et sans dessein, si ce n'est celui d'étançonner les parties à mesure qu'elles menaçaient ruine; il faut la reconstruire, ou bien vous résoudre à vivre au jour le jour dans la gêne et dans l'inquiétude d'être, enfin, écrasé sous ses débris. Tout se tient dans l'ordre social. Si vous en négligez une partie, ce ne sera pas impunément pour les autres. Si vous commencez par le désordre vous vous en apercevrez nécessairement à ses suites. Si l'on pouvait retirer de l'injustice et de l'absurdité les mêmes fruits que de la raison et de l'équité, où seraient donc les avantages de celles-ci ?

Vous vous écriez que si le tiers état s'assemble séparément pour former, non les trois états, dits généraux, mais l'assemblée nationale, il ne sera pas plus compétent à voter pour le clergé et la noblesse, que ces deux ordres ne le sont à délibérer pour le peuple. D'abord, je vous prie de remarquer, ainsi que nous venons de le dire, que les représentants du tiers auront incontestablement la procuration des vingt-cinq ou vingt-six millions d'individus qui composent la nation, à l'exception d'environ deux cent mille nobles ou prêtres. C'est bien assez pour qu'ils se décernent le titre d'assemblée nationale. Ils délibéreront donc, sans aucune difficulté, pour la nation entière, à l'exception seulement de deux cent mille têtes. Dans cette supposition, le clergé pourrait continuer à tenir ses assemblées pour le don gratuit, et la noblesse adopterait un moyen quelconque d'offrir son subside au roi; et pour que les arrangements particuliers à ces deux ordres ne pussent jamais devenir onéreux au tiers, celui-ci commencerait par déclarer formellement qu'il n'entend payer aucune imposition qui ne serait pas supportée par les deux autres ordres. Il ne voterait le subside qu'à cette condition; et lors même que le tribut aurait été réglé, il ne serait point levé sur le peuple, si l'on apercevait que le clergé et la noblesse s'en exemptassent sous quelque prétexte que ce fût.

Cet arrangement serait, peut-être, malgré les apparences, aussi bon qu'un autre à ramener peu à peu la nation à l'unité sociale. Mais, du moins, il remédierait, dès à présent, au danger qui menace ce pays. Comment, en effet, le peuple ne serait-il pas saisi d'effroi en voyant deux corps de privilégiés, et peut-être n troisième mi-parti, se disposer sous le nom d'états généraux à décider de son sort, à lui imposer des destinées immuables autant que malheureuses ? Il est trop juste de dissiper les alarmes de vingt-cinq millions d'hommes, et quand on parle constitution, de prouver, par ses principes et sa conduite, qu'on en connaît et qu'on en respecte les premiers éléments. Il est constant que les députés du clergé et de la noblesse ne sont point représentants de la nation; ils sont donc incompétents à voter pour elle.

Si vous les laissez délibérer dans les matières d'intérêt général, qu'en résultera-t-il ? 1° Si les votes sont pris par ordres, il s'ensuivra que vingt-cinq millions de citoyens ne pourront rien décider pour l'intérêt général, parce qu'il ne plaira pas à cent ou deux cent mille individus privilégiés; c'est-à-dire que les volontés de plus de cent personnes seront frappées d'interdiction et anéanties par la volonté d'une seule. 2° si les votes sont pris par têtes, même à égalité d'influence entre les privilégiés et les non-privilégiés, il s'ensuivra toujours que les volontés de deux cent mille personnes pourront balancer celles de vingt-cinq millions, puisqu'elles auront un égal nombre de représentants. Or, n'est-il pas monstrueux de composer une assemblée de manière qu'elle puisse voter pour l'intérêt de la minorité ? N'est-ce pas là une assemblée à l'envers ?

Nous avons démontré, dans le chapitre précédent, la nécessité de ne reconnaître la volonté commune que dans l'avis de la pluralité. Cette maxime est incontestable. Il suit de là qu'en France les représentants du tiers sont les vrais dépositaires de la volonté nationale. Ils peuvent donc, sans erreur, parler au nom de la nation entière. Car, en supposant même les privilégiés réunis, toujours unanimes contre la voix du tiers, ils n'en seraient pas moins incapables de balancer la pluralité dans les délibérations de cet ordre. Chaque député du tiers, d'après le nombre fixé, vote à la place d'environ cinquante mille hommes; il suffirait donc de statuer que la pluralité sera de cinq voix au-dessus de la moitié, dans la chambre des communes, pour que les voix unanimes des deux cent mille nobles ou prêtres dussent être regardées comme indifférentes à connaître; et remarquez que, dans cette supposition, j'oublie un moment, que les députés des deux premiers ordres ne sont point représentants de la nation, et je veux bien admettre encore que, siégeant dans la véritable assemblée nationale, avec la seule influence, pourtant, qui leur appartient, ils opineraient sans relâche contre le voeu de la pluralité. Alors même, il est visible que leur avis serait perdu dans la minorité.

En voilà bien assez pour démontrer l'obligation où sera le tiers état de former à lui seul une assemblée nationale, et pour autoriser, devant la raison et l'équité, la prétention que pourrait avoir cet ordre de délibérer et de voter pour la nation entière sans aucune exception. Je sais que de tels principes ne seront pas du goût même des membres du tiers les plus habiles à défendre ses intérêts. Soit: pourvu que l'on convienne que je suis parti des vrais principes, et que je ne marche qu'à l'appui d'une bonne logique. Ajoutons que le tiers état, en se séparant des deux premiers ordres, ne peut pas être accusé de faire scission; il faut laisser cette expression, ainsi que le sens qu'elle renferme, à ceux qui l'ont employée les premiers. En effet, la pluralité ne se sépare point du tout; il y aurait contradiction dans les termes, car il faudrait pour cela qu'elle se séparât d'elle-même. Ce n'est qu'à la minorité qu'il appartient de ne vouloir point se soumettre au voeu du grand nombre, et par conséquent de faire scission. Cependant notre intention, en montrant au tiers toute l'étendue de ses ressources, ou plutôt de ses droits, n'est point de l'engager à en user en toute rigueur. J'ai annoncé, pour le tiers, deux moyens de se mettre en possession de la place qui lui est due dans l'ordre politique.

Si le premier, que je viens de présenter, paraît un peu trop brusqué; si l'on juge qu'il faut laisser le temps au public de s'accoutumer à la liberté; si l'on croit que des droits nationaux, quelque évidents qu'ils soient, ont encore besoin, dès qu'ils sont disputés, même par le plus petit nombre, d'une sorte de jugement légal qui les fixe, pour ainsi dire, et les consacre par une dernière sanction, je le veux bien; appelons-en au tribunal de la nation, seul juge compétent dans tous les différends qui touchent à la constitution. Tel est le deuxième moyen ouvert au tiers. Ici, nous avons besoin de nous rappeler tout ce qui a été dit dans le chapitre précédent, tant sur la nécessité de constituer le corps des représentants ordinaires, que sur celle de ne confier ce grand ouvrage qu'à une députation extraordinaire, ayant ad hoc n pouvoir spécial. On ne niera pas que la chambre du tiers aux prochains états généraux ne soit très compétente assurément à convoquer le royaume en représentation extraordinaire. C'est donc à lui, surtout, qu'il appartient de prévenir la généralité des citoyens sur la fausse constitution de la France. Il se plaindra hautement que les états généraux sont un corps mal organisé, incapable de remplir ses fonctions nationales, et il démontrera en même temps la nécessité de donner à une députation extraordinaire un pouvoir spécial pour régler, par des lois certaines, les formes constitutives de sa législature. Jusque-là, l'ordre du tiers suspendra, non pas ses travaux préparatoires, mais l'exercice de son pouvoir; il ne statuera rien définitivement; il attendra que la nation ait jugé le grand procès qui divise les trois ordres. Telle est, j'en conviens, la marche la plus franche, la plus généreuse, et par conséquent la plus convenable à la dignité du tiers état.

Le tiers peut donc se considérer sous deux rapports: sous le premier, il ne se regarde que comme un ordre: il veut bien, alors, ne pas secouer tout à fait les préjugés de l'ancienne barbarie; il distingue deux autres ordres dans l'état, sans leur attribuer pourtant d'autre influence que celle qui peut se concilier avec la nature des choses, et il a pour eux tous les égards possibles, en consentant à douter de ses droits jusqu'à la décision du juge suprême. Sous le second rapport, il est la nation. En cette qualité, ses représentants forment toute l'assemblée nationale; ils en ont tous les pouvoirs. Puisqu'ils sont les seuls dépositaires de la volonté générale, ils n'ont pas besoin de consulter leurs commettants sur une dissension qui n'existe pas. Sans doute, ils sont toujours prêts à se soumettre aux lois qu'il plairait à la nation de leur donner; mais s'ils ont à la provoquer eux-mêmes, ce ne peut être sur aucune des questions qui naissent de la pluralité des ordres dans l'assemblée nationale.

L'envoi d'une députation extraordinaire, ou du moins la concession d'un nouveau pouvoir spécial, ainsi qu'elle a été expliquée ci-dessus, pour règle, avant tout, la grande affaire de la constitution, paraît le vrai moyen de mettre fin à la dissension actuelle et aux troubles possibles de la nation. N'y eût-il rien à craindre de ces troubles, ce serait encore une mesure nécessaire à prendre, parce que, tranquilles ou non, nous ne pouvons pas nous passer de connaître nos droits politiques, et de nous en mettre en possession. Cette nécessité nous paraîtra plus pressante encore, si nous songeons que les droits politiques sont la seule garantie des droits civils et de la liberté individuelle. Je terminerais ici mon mémoire sur le tiers état, si je n'avais entrepris que d'offrir des moyens de conduite... mais je me suis proposé encore de développer des principes. Qu'il me soit donc permis de suivre les intérêts du tiers jusque dans la discussion publique qui va s'élever sur la véritable composition d'une assemblée nationale. Ce n'est point des affaires ni du pouvoir que je vais parler, mais des lois qui doivent déterminer la composition personnelle du corps des députés. Il faut, d'abord, comprendre clairement quel est l'objet ou le but de l'assemblée représentative d'une nation; il ne peut pas être différent de celui que se proposerait la nation elle-même, si elle pouvait se réunir et conférer dans le même lieu. Qu'est-ce que la volonté d'une nation ? C'est le résultat des volontés individuelles, comme la nation est l'assemblage des individus. Il est impossible de concevoir une association légitime qui n'ait pas pour objet la sécurité commune, la liberté commune, enfin la chose publique.

Sans doute, chaque particulier se propose, en outre, des fins particulières. Il se dit: à l'abri de la sécurité commune, je pourrai me livrer tranquillement à mes projets personnels, je suivrai ma félicité comme je l'entendrai, assuré de ne rencontrer de bornes légales que celles que la société me prescrira pour l'intérêt commun auquel j'ai part, et avec lequel mon intérêt particulier a fait une alliance si utile.

Mais, conçoit-on qu'il puisse y avoir dans l'assemblée générale des membres assez insensés pour oser tenir ce langage: " vous voilà réunis, non pour délibérer sur nos affaires communes, mais pour vous occuper des miennes en particulier, et de celles d'une petite coterie que j'ai formée avec quelques-uns d'entre vous. "dire que des associés s'assemblent pour régler les choses qui les regardent en commun, c'est expliquer le seul motif qui a pu engager les membres à entrer dans l'association, c'est dire une de ces vérités fondamentales et si simples, qu'on les affaiblit en voulant les prouver. Actuellement, il est intéressant de s'expliquer comment tous les membres d'une assemblée nationale vont concourir par leurs volontés individuelles à former cette volonté commune, qui ne doit aller qu'à l'intérêt public.

Présentons d'abord ce jeu ou ce mécanisme politique dans la supposition la plus avantageuse: ce serait celle où l'esprit public, dans sa plus grande force, ne permettrait de manifester à l'assemblée que l'activité de l'intérêt commun. Ces prodiges sont rares dans l'histoire, et ils ne durent pas. Ce serait bien mal connaître les hommes que de lier la destinée des sociétés à des efforts de vertu. Il faut que dans la décadence même des moeurs publiques, lorsque l'égoïsme paraît gouverner toutes les âmes, il faut, dis-je, que, même dans ces longs intervalles, l'assemblée d'une nation soit tellement constituée, que les intérêts particuliers y restent isolés et que le voeu de la pluralité y soit toujours conforme au bien général. Remarquons dans le coeur des hommes trois espèces d'intérêts: 1° celui par lequel ils se ressemblent; il donne la juste étendue de l'intérêt commun; 2° celui par lequel un individu s'allie à quelques autres seulement; c'est l'intérêt de corps; et enfin, 3° celui par lequel chacun s'isole, ne songeant qu'à soi; c'est l'intérêt personnel. L'intérêt par lequel un homme s'accorde avec tous ses coassociés, est évidemment l'objet de la volonté de tous, et celui de l'assemblée commune. L'influence de l'intérêt personnel y doit être nulle. C'est aussi ce qui arrive; sa diversité est son remède. La grande difficulté vient de l'intérêt par lequel un citoyen s'accorde avec quelques autres seulement. Celui-ci permet de se concerter, de se liguer; par lui se combinent les projets dangereux pour la communauté; par lui se forment les ennemis publics les plus redoutables. L'histoire est pleine de cette vérité.

Qu'on ne soit donc pas étonné si l'ordre social exige avec tant de rigueur de ne point laisser les simples citoyens se disposer en corporations, s'il exige même que les mandataires du pouvoir exécutif, qui, par la nécessité des choses forment de véritables corps, renoncent, tant que dure leur emploi, à être élus pour la représentation législative. Ainsi, et non autrement, l'intérêt commun est assuré de dominer les intérêts particuliers. à ces seules conditions, on peut se rendre raison de la possibilité de fonder les associations humaines sur l'avantage général des associés, et par conséquent s'expliquer la légitimité des sociétés politiques. Les mêmes principes font sentir avec non moins de force la nécessité de constituer l'assemblée représentative elle-même sur un plan qui ne lui permette pas de se former un esprit de corps, et de dégénérer en aristocratie. De là, ces maximes fondamentales, suffisamment développées ailleurs, que le corps des représentants doit être régénéré par tiers tous les ans; que les députés qui finissent leur temps, ne doivent être de nouveau éligibles qu'après un intervalle suffisant pour laisser au plus grand nombre possible de citoyens, la facilité de prendre part à la chose publique, qui ne serait plus, si elle pouvait être regardée comme la chose propre à un certain nombre de familles, etc., etc.

Mais, lorsqu'au lieu de rendre hommage à ces premières notions, à ces principes si clairs et si certains, le législateur crée, au contraire, lui même des corporations dans l'état, avoue toutes celles qui se forment, les consacre par sa puissance, quand enfin il ose appeler les plus grandes, et par conséquent les plus funestes, à faire partie, sous le nom d'ordres, de la représentation nationale, on croit voir le mauvais principe s'efforçant de tout gâter, de tout ruiner, de tout bouleverser parmi les hommes. Pour combler et consolider le désordre social, il ne restait plus qu'à donner à ces terribles jurandes une prépondérance réelle sur le grand corps de la nation, et c'est ce qu'on pourrait accuser le législateur d'avoir fait en France, s'il ne fallait pas plutôt s'en prendre au cours aveugle des événements ou à l'ignorance et à la férocité de nos devanciers, de la plupart des maux qui affligent ce superbe royaume. Nous connaissons le véritable objet d'une assemblée nationale; elle n'est point faite pour s'occuper des affaires particulières des citoyens, elle ne les considère qu'en masse et sous le point de vue de l'intérêt commun. Tirons-en la conséquence naturelle que le droit à se faire représenter n'appartient aux citoyens qu'à cause des qualités qui leur sont communes, et non pas celles qui les différencient.

Les avantages par lesquels les citoyens diffèrent entre eux sont au delà du caractère de citoyen. Les inégalités de propriété et d'industrie sont comme les inégalités d'âge, de sexe, de taille, etc. Elles ne dénaturent point l'égalité du civisme. Sans doute, ces avantages particuliers sont sous la sauvegarde de la loi; mais ce n'est pas au législateur à en créer de cette nature, à donner des privilèges aux uns, à les refuser aux autres. La loi n'accorde rien, elle protège ce qui est, jusqu'au moment où ce qui est commence à nuire à l'intérêt commun. Là seulement sont placées les limites de la liberté individuelle. Je me figure la loi au centre d'un globe immense; tous les citoyens, sans exception, sont à la même distance sur la circonférence et n'y occupent que des places égales; tous dépendent également de la loi, tous lui offrent leur liberté et leur propriété à protéger; et c'est ce que j'appelle les droits communs des citoyens, par où ils se ressemblent tous. Tous ces individus correspondent entre eux, ils s'engagent, ils négocient, toujours sous la garantie commune de la loi. Si dans ce mouvement général quelqu'un veut dominer la personne de son voisin, ou usurper sa propriété, la loi commune réprime cet attentat, et remet tout le monde à la même distance d'elle-même. Mais elle n'empêche point que chacun suivant ses facultés naturelles et acquises, suivant des hasards plus ou moins favorables, n'enfle sa propriété de tout ce que le sort prospère, ou un travail plus fécond, pourra y ajouter, et ne puisse s'élever, dans sa place légale, le bonheur le plus conforme à ses goûts et le plus digne d'envie. La loi, en protégeant les droits communs de tout citoyen, protège chaque citoyen dans tout ce qu'il peut être, jusqu'au moment où ce qu'il veut être commencerait à nuire au commun intérêt.

Peut-être reviens-je un peu trop sur les mêmes idées, mais je n'ai pas le temps de les réduire à leur plus parfaite simplicité, et d'ailleurs, ce n'est pas lorsqu'on représente des notions trop méconnues qu'il est bon d'être si concis. Les intérêts par lesquels les citoyens se ressemblent sont donc les seuls qu'ils puissent traiter en commun, les seuls par lesquels, et au nom desquels ils puissent réclamer des droits politiques, c'est-à-dire une part active à la formation de la loi sociale, les seuls par conséquent qui impriment au citoyen la qualité représentable. Ce n'est donc pas parce qu'on est privilégié, mais parce qu'on est citoyen, qu'on a droit à l'élection des députés et à l'éligibilité. Tout ce qui appartient aux citoyens, je le répète, avantages communs, avantages particuliers, pourvu que ceux-ci ne blessent pas la loi, ont droit à la protection, mais l'union sociale n'ayant pu se faire que par des points communs, il n'y a que la qualité commune qui ait droit à la législation. Il suit de là que l'intérêt de corps, loin d'influer dans la législature, ne peut que la mettre en défiance; il est aussi opposé à l'objet qu'étranger à la mission d'un corps de représentants.

Ces principes deviennent plus rigoureux encore quand il s'agit des corps et des ordres privilégiés. J'entends par privilégié tout homme qui sort du droit commun, soit parce qu'il prétend n'être pas soumis en tout à la loi commune, soit parce qu'il prétend à des droits exclusifs. Une classe privilégiée est nuisible, non seulement par l'esprit de corps, mais par son existence même. Plus elle a obtenu de ces faveurs nécessairement contraires à la liberté commune, plus il est essentiel de l'écarter de l'assemblée nationale. Le privilégié ne serait représentable que par sa qualité de citoyen; mais en lui cette qualité est détruite, il est hors du civisme, il est ennemi des droits communs. Lui donner un droit à la représentation serait une contradiction manifeste dans la loi; la nation n'aurait pu s'y soumettre que par un acte de servitude; et c'est ce qu'on ne peut supposer.

Lorsque nous avons prouvé que le mandataire du pouvoir actif ne pouvait être ni électeur ni éligible pour la représentation législative, nous n'avons pas cessé pour cela de le regarder comme un vrai citoyen. Il l'est, comme tous les autres, par ses droits individuels; et les fonctions qui le distinguent, bien loin de détruire en lui le civisme sont, au contraire, établies pour en servir les droits. S'il est pourtant nécessaire de suspendre l'exercice de ses droits politiques, que doit-ce être de ceux qui, méprisant les droits communs, s'en sont composés de tels, que la nation y est étrangère, de ces hommes dont l'existence seule est une hostilité continuelle contre le grand corps du peuple ? Certes, ceux-là ont renoncé au caractère de citoyen, et ils doivent être exclus des droits d'électeur et d'éligible plus sûrement encore que vous n'en écarteriez un étranger dont au moins l'intérêt avoué pourrait bien n'être pas opposé au vôtre.

Résumons: il est de principe que tout ce qui sort de la qualité commune de citoyen, ne saurait participer aux droits politiques. La législature d'un peuple ne peut être chargée de pourvoir qu'à l'intérêt général. Mais si, au lieu d'une simple distinction indifférente presque à la loi, il existe des privilégiés ennemis par état de l'ordre commun, ils doivent être positivement exclus. Ils ne peuvent être ni électeurs, ni éligibles tant que dureront leurs odieux privilèges. Je sais que de pareils principes vont paraître extravagants à la plupart des lecteurs. C'est que la vérité doit paraître aussi extravagante aux préjugés, que ceux-ci peuvent l'être pour la vérité. Tout est relatif. Que mes principes soient certains, que mes conséquences soient exactes, il me suffit. Mais, au moins, dira-t-on, ce sont là des choses absolument impraticables pour le temps. Aussi je ne me charge point de les pratiquer. Mon rôle, à moi, est celui de tous les écrivains patriotes; il consiste à présenter la vérité. D'autres s'en rapprocheront plus ou moins, selon leur force et selon les circonstances, ou bien s'en écarteront par mauvaise foi; et alors nous souffrirons ce que nous ne pouvons pas empêcher. Si tout le monde pensait vrai, les plus grands changements, dès qu'ils présenteraient un objet d'utilité publique, n'auraient rien de difficile. Que puis-je faire de mieux que d'aider de toutes mes forces à répandre cette vérité qui prépare les voies ? On commence par la mal recevoir, peu à peu les esprits s'y accoutument, l'opinion publique se forme, et, enfin, l'on aperçoit à l'exécution des principes qu'on avait d'abord traités de folles chimères.

Dans presque tous les ordres de préjugés, si des écrivains n'avaient consenti à passer pour fous, le monde en serait aujourd'hui moins sage. Je rencontre partout de ces gens modérés qui voudraient que les pas vers la vérité ne se fissent qu'un à un. Je doute qu'ils s'entendent lorsqu'ils parlent ainsi. Ils confondent la marche de l'administrateur avec celle du philosophe. Le premier s'avance comme il peut; pourvu qu'il ne sorte pas du bon chemin, on n'a que des éloges à lui donner. Mais ce chemin doit avoir été percé jusqu'au bout par le philosophe. Il doit être arrivé au terme, sans quoi, il ne pourrait point garantir que c'est véritablement le chemin qui y mène. S'il prétend m'arrêter quand il lui plaît, et comme il lui plaît, sous prétexte de prudence, comment saurai-je qu'il me conduit bien ? Faudra-t-il l'en croire sur parole ? Ce n'est pas dans l'ordre de la raison qu'on se permet une confiance aveugle. Il semble, en vérité, qu'on veut et qu'on espère, en ne disant qu'un mot après l'autre, surprendre son ennemi, et le faire donner dans un piège. Je ne veux point discuter, si, même entre particuliers, une conduite franche n'est pas aussi la plus habile; mais, à coup sûr, l'art des réticences et toutes ces finesses de conduite, que l'on croit le fruit de l'expérience des hommes, sont une vraie folie dans des affaires nationales traitées publiquement par tant d'intérêts réels et éclairés. Ici, le vrai moyen d'avancer ses affaires n'est pas de cacher à son ennemi ce qu'il sait aussi bien que nous, mais de pénétrer la pluralité des citoyens de la justice de leur cause. On croit un peu trop que la vérité peut se diviser en parties, et entrer ainsi, en détail, plus facilement dans l'esprit.

Non, le plus souvent, il faut de bonnes secousses; la vérité n'a pas trop de toute sa lumière pour produire de ces impressions fortes, d'où naît un intérêt passionné pour ce qu'on a reconnu vrai, beau et utile. Il faut avoir une pauvre idée de la marche de la raison, pour imaginer qu'un peuple entier doit rester aveugle sur ses vrais intérêts, et que les vérités les plus utiles, concentrées dans quelques têtes seulement, ne doivent paraître qu'à mesure qu'un habile administrateur peut en avoir besoin pour le succès de ses opérations. D'abord cette vue est fausse, parce qu'elle est impossible à suivre. En second lieu, ignore-t-on que la vérité ne s'insinue que lentement dans une masse aussi grande que l'est une nation ? Ne faut-il pas laisser aux hommes qu'elle gêne le temps de s'y accoutumer, aux jeunes gens qui la reçoivent avidement, celui de devenir quelque chose, et aux vieillards celui de n'être plus rien ? En un mot, veut-on attendre, pour semer, le moment de la récolte ? Il n'y en aurait jamais.

La raison, d'ailleurs, n'aime point le mystère; elle n'agit que par une grande expansion; ce n'est qu'en frappant partout, qu'elle frappe juste, parce que c'est ainsi que se forme cette puissance d'opinion à laquelle on doit peut-être attribuer la plupart des changements vraiment avantageux aux peuples.

Les esprits, dites-vous, ne sont pas encore disposés à vous entendre, vous allez choquer beaucoup de monde. Il le faut ainsi: la vérité la plus utile à publier, n'est pas celle dont on était déjà assez voisin, ce n'est pas celle que l'on est déjà disposé à accueillir.

Non, c'est précisément parce qu'elle va irriter plus de préjugés et plus d'intérêts personnels, qu'il est plus nécessaire de la répandre. On ne fait pas attention que le préjugé qui mérite le plus de ménagement est celui qui est joint à la bonne foi, que l'intérêt personnel le plus dangereux à irriter est celui auquel la bonne foi prête toute l'énergie du sentiment qu'on a pour soi la justice. Il faut leur ôter cette force étrangère; il faut, en les éclairant, les réduire aux seuls expédients de la mauvaise foi. Les personnes modérées à qui j'adresse ces réflexions cesseraient de craindre pour le sort des vérités qu'elles appellent prématurées, si elles ne s'obstinaient à confondre toujours la conduite mesurée et prudente de l'administrateur qui gâterait tout en effet, s'il ne calculait pas les frottements et les obstacles, avec cet élan libre du philosophe que la vue des difficultés ne peut qu'exciter davantage, et qui est d'autant plus appelé à présenter les bons principes sociaux que les esprits sont plus encroûtés de barbarie féodale.

Enfin, dira-t-on, si les privilégiés n'ont aucun droit à intéresser la volonté commune à leurs privilèges, au moins doivent-ils en leur qualité de citoyens jouir, confondus avec le reste de la société, de leurs droits politiques à la représentation. J'ai déjà dit qu'en revêtant le caractère de privilégié, ils sont devenus les ennemis réels de l'intérêt commun; ils ne peuvent donc point être chargés d'y pourvoir. J'ajoute qu'ils sont les maîtres de rentrer, quand ils le voudront, dans l'ordre social; ainsi c'est bien volontairement qu'ils s'excluent de l'exercice des droits politiques. Enfin, leurs véritables droits, ceux qui peuvent être l'objet de l'assemblée nationale, leur étant communs avec les députés qui la composent, ils peuvent se consoler en songeant que ces députés se blesseraient eux-mêmes, s'ils tentaient d'y nuire. Il est donc certain que les seuls membres non privilégiés sont susceptibles d'être électeurs et députés à l'assemblée nationale. Le voeu du tiers sera toujours bon pour la généralité des citoyens, celui des privilégiés serait toujours mauvais, à moins que, négligeant leur intérêt particulier, ils ne voulussent voter comme de simples citoyens, c'est-à-dire comme le tiers état lui-même.

Donc, le tiers suffit à tout ce qu'on peut espérer d'une assemblée nationale; donc, lui seul est capable de procurer tous les avantages qu'on a lieu de se promettre des états généraux. Peut-être pensera-t-on qu'il reste aux privilégiés, pour dernière ressource, de se considérer comme une nation à part, et de demander une représentation distincte et indépendante... j'ai répondu d'avance à cette prétention, au premier chapitre de cet écrit, en prouvant que les ordres privilégiés n'étaient point, ne pouvaient pas être un peuple à part. Ils ne sont et ne peuvent être qu'aux dépens d'une véritable nation. Quelle est celle qui consentira volontairement à une telle alliance ?

En attendant, il est impossible de dire quelle place deux corps privilégiés doivent occuper dans l'ordre social: c'est demander quelle place l'on veut assigner, dans le corps d'un malade, à l'humeur maligne qui le mine et le tourmente. Il faut la neutraliser, il faut rétablir la santé et le jeu de tous les organes assez bien pour qu'il ne s'y forme plus de ces combinaisons morbifiques, capables de vicier les principes les plus essentiels de la vitalité.